O ARTISTA DO AMOR

O ARTISTA DO AMOR

Romance

JANE ALISON

Tradução
Fernanda Abreu

BERTRAND BRASIL

Título original: *The Love-Artist*

Capa: Rodrigo Rodrigues

Editoração: DFL

2005
Impresso no Brasil
Printed in Brazil

CIP-Brasil. Catalogação-na-fonte
Sindicato Nacional dos Editores de Livros, RJ

A413a Alison, Jane, 1961-
O artista do amor/Jane Alison; tradução Fernanda Abreu.
— Rio de Janeiro: Bertrand Brasil, 2005.
240p.

Tradução de: The love-artist
ISBN 85-286-1140-X

1. Ovídio, 43 a.C. – 18 d.C. – Ficção. 2. Exílio – Ficção.
3. Romance australiano. I. Abreu, Fernanda. II. Título.

05-2259
CDD – 899.153
CDU – 821.111 (947)-3

EDITORA BERTRAND BRASIL LTDA.
Rua Argentina, 171 – 1º andar – São Cristóvão
20921-380 – Rio de Janeiro – RJ
Tel.: (0xx21) 2585-2070 – Fax: (0xx21) 2585-2087

Duas ofensas me arruinaram: um poema e um erro.
Ovídio, *Tristia* 2.207

Eu te dei a tua vida.
Agora tu perguntas — eu a tirarei também?
Ovídio, *Medéia*, fragmento encontrado

PRÓLOGO

Então é dada a ordem, os cavalos são açoitados, e a carroça desce aos trancos a rua escura, com um soldado de capacete sentado de cada lado, e Ovídio, o exilado, entre eles. Chamas crepitam através dos olhos e bocas de lanternas de pedra, e o ar da noite rodopia à sua volta como água. O Palatino, coberto de casas, flutua à sua esquerda; o Capitolino, com seus templos reluzentes, à sua direita; sua própria casa se dissolve para trás, ao longe. Suas mãos frias estão unidas sobre seu bornal, e ele tem o olhar vidrado, olhos como os olhos das lanternas, e aquela palavra ainda incompreensível. *Exílio.*

Os soldados chegaram à sua casa fazia apenas uma hora. Penetraram o átrio, com sua armadura ofuscante, e, quando lhe disseram por que tinham vindo, Ovídio — alto e magro, de pena na mão — percebeu um ligeiro tremor na parede vermelha próxima a seu braço. Era tarde.

— Entendo — disse ele, mas tudo que conseguia ouvir era um zumbido. — Tomos. — Tocou a parede com a ponta do dedo para fazê-la parar de tremer. — Mar Morto, vocês estão dizendo. *Exílio.* — Como se na sua própria voz aquilo pudesse ficar claro. — Mas posso levar o que quiser. Meu material de escrita, meus livros. — Observou seu indicador traçar uma linha úmida na parede, do casco de um cervo aos dentes brancos de um cachorro. Então, inexplicavelmente, sentiu sua boca se distender em um sorriso grotesco de hiena; chegou a se ouvir dar uma risada. — Isso quer dizer que posso levar *Roma*?

Os soldados, obviamente, não responderam. Postaram-se um de cada lado da porta e aguardaram que ele arrumasse as malas. Ovídio, então, virou-se lentamente, absorto, movendo apenas seus olhos chocados pelas paredes vermelhas e douradas e pretas de sua casa, pousando-os sobre as superfícies familiares de bronze, mármore e papiro, com aquele sorriso de escárnio, esticando-lhe o rosto, com aquela palavra terrível e incompreensível para ele. De pé em seu quarto, sobre o esqueleto em mosaico dançando no chão, sentiu uma leve tontura. Pôs no bornal roupas quentes, algumas tábulas e um estilo. Depois outro par de sapatos, e os livros de Caro. Ficou ali, olhando em volta; ajoelhou-se e amarrou as botas. Caminhou de volta até o átrio verde e úmido, passou por Persila com seus velhos olhos lacrimejantes, pelo pobre Lázaro com o rosto oculto nas sombras.

— Lamento, adeus — ouviu-se dizer, como se houvesse sido um mau hóspede. Depois, saiu pela última vez por sua própria porta para a noite fresca de primavera e subiu na carroça com os soldados.

A noite rodopiava, e à sua volta ouvia-se um rumor indistinto de Roma. A carroça chegou à pradaria entre as duas colinas e passou sobre a fossa; dando a volta no templo circular, subiu, margeando o teatro de Marcelo. Ovídio se deu conta de que, naquela hora, haveria luz do lado de dentro. O palco teria um brilho vermelho de açafrão, e se estaria ouvindo o murmúrio de todas as vozes, e os penteados elaborados, e os ombros nus, e os recados sendo trocados, e os rápidos olhares de admiração, e os aplausos que tornavam as pernas bambas, e que muitas vezes haviam sido para ele...

O teatro se distancia. Eles chegam ao rio com seu ar pantanoso de primavera, e, quando os cavalos começam a galopar, Ovídio é jogado em cima de um dos soldados. Sacudido, seu coração bate forte.

— O fato é que — diz ele, e fica chocado com a própria voz, como se subitamente ela escapasse de sua garganta —, o fato é que não fiz nada.

O olhar do soldado se volta em sua direção, e seu capacete emite luz, reflexo da cidade que passa.

— Não fiz nada. Achei que Augusto acreditaria em mim. — Mas a voz de Ovídio parece estar sumindo. — Estão entendendo? — pergunta ele, concentrando-se com o esforço. — Foi um erro. Eu não sabia o que Júlia estava fazendo. Como poderia saber?

O soldado se vira. Aquilo não lhe diz respeito. Suas ordens foram simples: prenda Ovídio, tire-o de Roma, ponha-o no navio com destino a Tomos, ao Mar Negro. Ele sabe vagamente, fica em algum lugar lá em cima do outro lado, no fim do mundo. Um posto avançado romano, muito frio, sempre em estado de sítio. Incivilizado. É improvável que alguém fale latim por lá e tampouco haja muitas frutas frescas. Que lugar para este cisne, pensa ele, para este poeta com sua elegância refinada, altiva, seu nariz delicadamente arqueado, sua aparência febril, sua magreza. Dizia-se que as mulheres se atiravam sobre ele nas ruas, com os vestidos esvoaçantes, os braços nus levantados, os olhos dilatados, frenéticas para conhecê-lo... *Tomos*.

Ovídio se calou, ao perceber que suas palavras não importavam. A carroça segue sacudindo mais devagar, uma das milhares a percorrer a cidade, suas rodas de madeira rangendo sobre as ruas de granito. Ele olha os rostos que passam — rostos duros de pescadores e agricultores, com suas carroças cheias de polvos, alcachofras e codornas, as pequenas delícias de Roma que não tornará a saborear. A filha de um mercador levanta os olhos quando ele passa, e sua boca se abre ao reconhecê-lo. Ela a cobre com a mão, surpresa.

Agora o Aventino surge à esquerda, escondendo as estrelas com sua grande forma negra, exalando um aroma de ciprestes. Eles viram na Via Ostiensis, rumo ao Sul. Ovídio tornou-se consciente da dor que sente ao respirar; mantém os dentes firmemente cerrados. Eles passam trotando por um lugar discretamente nomeado, que reconhece de imediato: é onde as vestais são enterradas vivas quando quebram sua promessa de permanecerem virgens. Algo percorre seu corpo, e sente um braço se levantar; vê-se quase rindo.

— Ele também pode só fazer isso — grita. — Dar-me uma lamparina e comida para um dia e me pôr debaixo da terra.

O soldado à sua esquerda agarra o braço descontrolado de Ovídio. Ele próprio supervisionara centenas de suicídios alguns anos antes, quando Augusto estava reorganizando o Senado, sem falar nas rápidas execuções quando os condenados não iam por vontade própria. O exílio parecia-lhe bastante brando.

— Não é o fim do mundo — diz ele.

Ovídio olha para o outro lado, introspectando-se.

— É sim — diz ele. — Já estive lá.

Mas em sua mente ele se corrige. Não estivera exatamente lá, não em Tomos. Não no lado oeste do Mar Negro, para onde está indo agora. Mas certamente já vira a margem leste, pois havia sido lá que *a* encontrara, que encontrara Xênia, fazia apenas um ano. Quando partira às cegas na viagem que trouxera a sua ruína.

De repente, sentiu escorrer atrás de si aquele mundo que estava deixando. Aquela grande cidade e tudo de que era feita — as mais belas criações dos homens e toda a trama da vida culta, dos livros e da arte e dos prédios e da música, sussurros em uma praça de mármore, o sol brilhando através de um vestido cor de ametista, um olhar na rua, esguias estátuas de ônix enfileiradas, a centelha de reconhecimento em olhos inteligentes, a tenaz penetrante da rivalidade, o prazer do elogio, o estrondo da multidão enquanto os cavalos passavam a galope, um vaso branco translúcido em um jardim, paredes todas pintadas com mitos, cômodos onde a conversa esvoaça como tochas, e por toda parte, por toda parte, a teia sutil da linguagem, cujos fios ele próprio tecera com tanta destreza que véus e mais véus de significado ficaram flutuando... Para onde ele estava indo não haveria nada: apenas o chão silencioso e o céu duro, e sozinho.

A carroça prossegue balançando. Ele cerra os dentes enquanto as paredes escurecidas vão passando, e ninguém vê ou vem.

Onde estão todos? Onde estão as mulheres inflamadas por seus *Amores* — aquela que lhe desenhara uma mensagem com vinho na toalha de um jantar, que aparecera diante dele certa tarde em um quarto, nua? Onde estão os grandiosos velhos patrícios que lhe davam tapinhas nas costas, com os olhos marejados pela simples beleza reveladora de suas *Metamorfoses*? Onde estão os jovens com seus olhos bovinos e seus cabelos negros penteados, que se aconselhavam lendo seu *A Arte de Amar*? E as velhas, que abriam as portas dos quartos de dormir, e as jovens escravas devassas com suas línguas úmidas? E os livreiros gregos, que reconhecem a literatura quando a vêem! Onde está Caro? Onde estão seus amigos?

Todas as portas se mantêm fechadas, as cortinas abaixadas para a noite, aquela noite, a sua última noite em Roma.

Júlia?

Não, o que ele está pensando?, ela já se foi. A própria neta de Augusto — era preciso se livrar dela. A acusação oficial era de adultério, já que Augusto não queria que soubessem o que ela realmente fizera. Como a mãe, fora despachada para uma ilha distante para viver e morrer sozinha. Você é uma pústula, dissera Augusto. Quero-a fora da minha vista.

E *ela*, aquela outra, Xênia? Onde estaria ela naquele momento? Nada deixara para trás senão aquela selva no átrio, algumas plantas secas na janela, e aquelas duas linhas arrepiantes... Levara até a sua maçaneta.

Ao pensar naquelas duas linhas e em tudo que se perdera, um arrepio percorreu seu corpo.

— Bruxa — murmura ele. A palavra voa de sua boca, e seus olhos se levantam rápidos para o céu noturno junto com ela, como se esperasse vê-la ali, voando em círculos como as gaivotas contra a lua torta. Apenas nuvens passam. Ela poderia estar em qualquer lugar. No mar — na grama — pelo que ele sabe, ela poderia estar rindo agora dentro de seu bornal. Baixa os olhos para o bornal abruptamente, depois os fecha e passa a mão úmida sobre eles.

Palmeiras vão ficando para trás, e limoeiros, e um templo iluminado. A porta de uma casa se abre revelando um murmúrio de vozes e cor, e dois homens bêbados saem lá de dentro, rindo. Levantam os olhos para Ovídio num reconhecimento incerto enquanto ele é levado embora.

A culpa e o remorso sopram lentamente em seu corpo, como sangue se esvaindo em uma banheira. A sensação nauseante sobe até sua garganta, chega salgada à sua boca, mas, quando alcança os dentes, ele a engole. Não: Xênia fez aquilo consigo mesma. Poderia ter lhe dado o que ele queria, quando lhe havia suplicado, e ele teria desfeito tudo — teria queimado a coisa preciosa com as próprias mãos. Se ao menos ela lhe tivesse contado o que só ela seria capaz de *ver*, o que ele queria saber com tanto desespero:

Se seu trabalho se perpetuaria. Se ele se tornaria imortal.

Quanto lhe teria custado contar?

Se ao menos, enquanto Ovídio é levado embora de Roma, o mundo afastasse seus véus e se mostrasse da maneira que

Xênia pudesse vê-lo! Se ao menos ele pudesse ver o que seria feito dele, de seu nome e de seus poemas brilhantes e temperamentais — os palácios e casas que se erguiam centenas de anos mais tarde sobre essas famosas colinas, seus telhados e paredes brilhando com afrescos, e as imponentes galerias de pinturas, os corredores de esculturas de mármore... tudo glorificando não só *ele*, como suas histórias astutas, alquímicas. Se pudesse ver os estudiosos e monges ilustrando seus versos com diminutas imagens de meninas virando árvores, de meninos com asas emplumadas, de estátuas frias tomando vida. *Escreverei sobre corpos transfigurados*... Aguardara e implorara por isso com tanto fervor que as unhas chegaram a perfurar-lhe as palmas magras e secas das mãos, como pregos de ferro perfurariam outras palmas dali a apenas alguns anos; fez o sangue pulsar atrás de seus olhos com a simples pressão dolorida de sua ambição; no fim das contas, ele fizera o que fizera pela terrível força de seu desejo:

Ser *conhecido*. Ser *lembrado*. Viver para sempre.

Chegaram, então, ao fim de Roma; estão se aproximando do portão de Óstia. É isso, então. Nada deterá esse movimento contínuo, nada poderá ajudá-lo. A carroça continua a se mover para a frente; o portão surge com seus imensos arcos de tijolo e todas as suas inscrições gravadas. Com uma súbita escuridão, um cheiro úmido, a carroça passa sob o arco e eles estão do outro lado, do lado de fora, nos campos que se estendem, na estrada reta ladeada por túmulos.

Ao seu lado, os soldados relaxam. Agora estão fora de Roma. Ovídio se foi.

PARTE UM

1

Era um dia muito quente de junho quando Ovídio viu Xênia pela primeira vez, nua e azul, na costa mais distante do Mar Negro, no canto dos mapas onde dormiam os monstros marinhos e onde o rio Oceano mordia a própria cauda dando a volta no mundo; onde ele desabara debaixo de um tronco de árvore, com os cabelos grossos de sal e as sandálias cheias de espinhos, exausto da viagem.

Todo mundo a bordo descobrira quem ele era, rindo, empurrando-se, apontando. Àquela altura, seus *Amores* e seu *A Arte de Amar* estavam por toda parte — não apenas em Roma, mas *por toda parte* — e o segundo era especialmente apreciado, tão ousado, com instruções sobre tudo o que era erótico, de técnicas de encontros até os ritmos mais íntimos. Moças murmuravam suas palavras entre si diante de seus espelhos; arrumavam os cabelos assim ou assado e agachavam-se, sem roupas, olhando para trás de forma provocante por cima das ancas. *Ah, não, esse não é seu melhor ângulo*, sussurravam umas para as outras, dando conselhos como ensinava com ironia seu livro. *De lado é muito melhor, com a perna esticada!* Suas linhas haviam se transformado em véus sobre os corpos das mulheres que passeavam pelas ruas de Roma, sabendo como expor aquele flanco carnudo, aquele ninho de cabelos flamejantes. Ele havia incendiado a cidade!

Mas aquilo, é claro, era uma das razões pelas quais ele decidira fazer aquela viagem para o leste. Os *Amores* haviam passado por pouco, mas *A Arte de Amar*... Decidido a reinstituir a antiga moralidade em seu novo império (depois de todo o sangue e proibições que lhe haviam permitido estabelecê-lo), Augusto ameaçara de censura o livro antes mesmo de ser publicado. Assim, em um gesto dramático, Ovídio queimara o texto, espalhando as cinzas sobre o rio Tibre. Mas é claro que tinha outra cópia e, com a demanda criada por toda aquela publicidade, ela acabou sendo lançada mais tarde em segredo. Sendo raros, os livros eram muito caros — e isso fora providencial, pois seus recursos nunca haviam fluído com tanta abundância quanto os dos poetas preferidos de Augusto que escreviam sobre prazeres austeros e sobre a magnificência de Roma. O palácio do imperador protestara diante de seu papel no sucesso do livro; Augusto cerrava os dentes e fixava Ovídio com seu olho cinza lá de seu frio palácio de pedra no Palatino. Assim, Ovídio decidira, segundo o conselho de Caro e de Marco e dos outros, que, enquanto sua última obra, as *Metamorfoses*, ainda estivesse nos copistas, ele simplesmente se afastaria por algum tempo.

Mas estava satisfeito por ter viajado. Estava inquieto; estava farto de sua reputação frívola: queria transformar sua imagem. Virgílio, Horácio — estes eram os verdadeiros poetas, cinza e graves e descorados, com lugar garantido no céu. Mas com as *Metamorfoses* ele pensava ter começado a se desfazer daquela pele escorregadia e tediosa; começara a sentir ossos vivos. E agora precisava continuar, aprofundar-se — precisava começar algo novo. Embora ainda não soubesse o quê, e isso, para dizer a verdade, era intrigante. Geralmente, quando terminava um livro, o próximo já estava surgindo, mas desde que completara o último sentia-se estranhamente exaurido. No entanto, com um pouco de ar, um pouco de distanciamento: é claro que pensaria em alguma coisa.

Foram necessárias duas semanas naquele primeiro navio com suas magníficas velas para ir de Roma a Atenas, e mais duas para cruzar o Egeu, outras duas rumo ao norte — todo esse tempo, embora os ventos tivessem sido favoráveis, nenhuma gralha tivesse vindo pela esquerda, ninguém tivesse sonhado com porcos negros, e as entranhas do touro estivessem sempre limpas. Quando chegaram a Atenas, Ovídio dera uma volta pela cidade, olhara todas as estátuas em ruínas cujas cabeças surgiam dos campos, remanescentes do último saque de Roma. Mas o tédio daquilo tudo o irritara, o modo como tudo fora organizado. Todos os monumentos, artefatos, visitantes, guias. Charlatães. Poeira. Só ver aquilo o fazia secar por dentro, acabava com toda a inspiração. Ele não sabia ao certo o que queria — mas deveria ser algo mais *puro*, mais primevo. Assim, uma semana depois, percorrera o porto e reservara um lugar para a Ásia Menor. Mas, depois de ver Tróia, balançara a cabeça. Tróia, Tróia: o próprio nome o deixava cansado, enchia suas narinas de poeira antiga, muito antiga. A mulher, o ladrão, a grande guerra: o poema. Quem poderia competir com aquilo. De qualquer modo, ele sempre tomara o partido de Páris. Embora não por sua maldade — por sua ruína.

Àquela altura, Ovídio já mandara seu menino Lázaro de volta para casa, desejando ficar sozinho pelo resto de sua aventura sem rumo. Essa última embarcação, em cuja balaustrada ele agora se apoiava enquanto via passar as colinas verdes sombrias, atravessara rangendo o Estreito de Dardanelos, subira o Mar de Mármara, cruzara o Estreito de Bósforo, onde a água corria para os dois lados, e entrara finalmente no Mar Negro.

O crepúsculo estava imóvel, claro e quente, quando o navio saiu de Trapezus e começou a margear o litoral leste do Mar Negro, a costa mais remota do mundo. Passou por colinas e desfiladeiros sombrios, penhascos negros abruptos, praias de seixos, pomares de limoeiros. Movia-se com facilidade, silencioso, já que a corrente daquele mar ia contra os ponteiros do relógio; era possível ficar dando voltas e mais voltas. Ovídio estava no convés, dedos longos segurando a balaustrada, olhos cinzentos observando os vãos e névoas verdes. Durante o dia todo tivera um pressentimento, uma sensação quase imperceptível, de que *ali*, no fim do mundo, encontraria o que buscava.

Deveria ser algo *incisivo*, pensou. Tamborilou com um dedo na balaustrada e observou uma água-viva com coágulos de sangue passar pulsando pela água. Como a cabeça decepada de uma mulher, pensou ele, como a pobre Medusa. Pensou por um instante na mulher de cabelos de cobra, vendo-a diante de si, extraordinária, feroz e lamentável. Meu próximo assunto deve ser extraordinário como ela, pensou; nada promíscuo como esses últimos trabalhos. *Promíscuo*: sublinhou a palavra em sua mente. Tantos corpos, tantas paixões. Não, queria algo desenhado com precisão, destacado. Conforme navegava rumo ao leste, algumas idéias lhe tinham vindo à mente, e ele as rabiscara rapidamente na cera negra de suas tábulas enquanto o navio jogava e as velas batiam; guardara-as bem seguras em sua bolsa, sobre a qual se sentara como uma galinha durante a longa viagem. Como uma galinha, ele! Quase riu para a água-viva ondulante que desaparecia na maré. Como uma galinha — com suas longas pernas e seu nariz aquilino! Mas *Ovídio* quase significava "ovo", não? Um ovo com toda sua perfeição e potencial, sua alusão a começo-e-fim, e as belas superfícies também, o céu pálido de um ovo de tordo, o pórfiro de um ovo de avestruz... Uma onda percorreu seu corpo: vinha inchando dentro dele desde que acordara, aquele desamparo, aquela sensação de estar à beira de um abismo.

O Mar Negro — ele olhou para todas as direções cintilantes enquanto o sol começava a derreter atrás dele. Era famoso, e famoso por sua duplicidade, com uma superfície viva, coalhada de peixes, mas profundezas que se dizia serem frias e mortas, onde absolutamente nada vivia e até os corpos dos afogados jamais apodreciam. Essa região — o Ponto, Fásis, o Reino Bosforano — era notoriamente fêmea e monstruosa, e mortiça também, biforme, irreal: era possível ver isso nos mapas. Dizia-se que ali viviam amazonas, com um seio a menos, mas armadas. Mal saído do alcance de Augusto, o lugar era governado por rainhas; os homens eram eunucos; as mulheres comiam seus próprios bebês. Mas era mais famoso pela bruxa mítica Medéia. Aquela que cortara em pedaços o irmão, que cortara em pedaços um rei, que cortara em pedaços os próprios filhos — por puro ciúme cego. Chegara a queimar viva a princesa que rivalizara com ela. E havia a deusa que veneravam ali, aquela sereia com dois rabos de peixe no lugar das pernas, que atraía homens para cavernas. Ovídio tremeu de prazer enojado e deixou uma das mãos pairar próxima a suas partes baixas, por cima das roupas estufadas pelo vento, enquanto imaginava a posição dos orifícios, a sensação de suas escamas. Mas aquela deusa tinha seios magníficos — podia-se vê-los em todos os objetos de bronze feitos à sua imagem, as maçanetas e os cabos de espelho, e assim por diante. Imagine a excitação de deslizar as mãos por aqueles seios fartos, descer pela lateral do corpo, chegar à cintura lisa e flexível, e depois à curva dos quadris, sentindo a textura da pele transformar-se em delicadas escamas. Seria ela fria? Ou seria mais como uma cobra, morna e escorregadia, serpenteando por entre suas pernas?

Esse mar era tão claro — olhe, um brilhante cardume de peixes! Brilhou esverdeado, virou prata, desapareceu na escuridão. É claro, o lugar era mais conhecido na gulosa Roma pelo esturjão e caviar trazidos às toneladas. Ovídio lambeu os lábios e deixou a lembrança das pequeninas ovas de gosto ácido estourar em sua boca com delícia. Levantou o nariz aquilino para a brisa fresca da noite. Um lugar fantástico! Um lugar inspirador. Tinha certeza disso.

Mais acima do navio de Ovídio na costa, em uma palafita isolada em uma angra de seixos negros, Xênia anotava seus registros semanais, com os cabelos vítreos brilhando à luz da lamparina, os olhos amarelo e cinza concentrados. *Farmacêutico*, *Mágico*, *Alquímico*: o quadro era longo e ambicioso, com fileiras de desenhos pequeninos que eram códigos para tarefas secretas. Naquela semana houvera uma previsão de futuro, dois bebês imunizados contra assassinato, um feitiço de amor, um sonho enviado e uma ninhada de aranhas extraída da coxa de um marinheiro egípcio: *aquilo*, sim, fora espetacular. Exigia uma nova categoria, então ela desenhou algo pequeno entre *Vermes* e *Erupções*, embora considerasse aquilo um pouco *Exorcismo* também; ao lado do desenho, marcou um *x*. Aquele marinheiro ficara horrorizado, olhando para sua virilha da qual brotavam aranhas. Mas, na verdade, pensou ela, aquilo havia sido lindo, todas aquelas pequenas pernas verdes!

Em seguida fez uma pausa, com a pena na mão. E a luz azul?

Asas bateram em suas costelas ao pensar nela. Ter encontrado aquele mineral na semana anterior, nas profundezas da floresta de pinheiros — uma pedra pálida esfacelada, totalmente sem graça —, e, no entanto, ter visto algo nela do modo como via aquelas coisas, adivinhando. Correra para casa, moera-a, queimara-a, misturara-a com claras de ovos, formara uma pequena barra e no dia seguinte a pusera ao sol. E esperara. Quando o sol se pusera, colocara a barra em uma caixa e esperara novamente, até ficar totalmente escuro, até as ondas se acalmarem. Então, no escuro, abrira a caixa.

Agora aquelas asas batiam frenéticas. Pois, quando seus dedos haviam levantado a tampa, um milagroso brilho azul irrompera em seu quarto. Ela pulara da cadeira, exultante — como se houvesse criado a própria lua! Ficara ali, com o coração aos pulos, em meio àquele brilho azul, querendo sair pelo mundo, para *mostrar*. Podia atravessar as dunas e cruzar a floresta até os fasianos — mas os fasianos... eles apenas ficariam calados, como sempre faziam. Ficariam de pé em volta dela naquele círculo sagrado, levariam os dedos às sobrancelhas, baixariam seus olhos enevoados. *Isso não tem nada a ver com divindade!*, gritaria ela — mas então aquele círculo, chocado, iria embora, e ali estaria ela, sozinha.

Então ela simplesmente ficara ali de pé, naquele quarto simples, fitando seu pedaço de lua, até a luz desaparecer.

Lá fora, as ondas quebravam nos seixos; os seixos chacoalhavam suavemente; a chama de sua lamparina a óleo dobrava-se com sua respiração. Xênia olhou para seu quadro e correu a pena sobre ele lentamente para a frente e para trás. Aquela luz azul podia ter desaparecido, mas o fato de ela tê-la extraído de uma simples pedra: era tão milagroso quanto o esplendor de um pavão surgindo de um ovo branco. Pois extrair luz escondida na pedra era próximo, tão próximo, de extrair *vida*. Sim, ela estava chegando perto... *Manipular a natureza, encontrar a essência da vida!* — o axioma alquímico percorria todo o seu quadro. Ela já era capaz de reverter quase qualquer doença, de transformar antimônio negro em prata, de transformar um garoto taciturno em um amante. Conhecia as artimanhas contidas nos tecidos das plantas, as cores escondidas nos metais — sono no heléboro, desejo de amor no meimendro negro, azul no ferro, amarelo brilhante no chumbo, vermelho no mercúrio. E, em algum lugar — mais pura do que a terra, a água, o ar e o fogo, e, no entanto, pairando dentro de todos os quatro, talvez na própria cor ou luz —, estava a *quinta essentia*, a substância da vida.

Encontrar a quintessência, derrotar a morte. Xênia fechou os olhos e imaginou mais uma vez o que sempre imaginava: como faria aquilo — e depois como seria requisitada! Como sua celebridade levantaria de seus ombros como um véu cor de açafrão e voaria através dos mares fazendo-a ser conhecida até os Pilares de Héracles — e como ela seria *cantada*.

Lá fora, as ondas quebravam devagar, em um movimento eterno. Olhou através dos círculos em volta da chama para a vasta escuridão. Todo aquele mar, toda aquela terra pesada, todo aquele ar gasoso. Sentiu-se imediatamente tola e pequena. É claro que nunca encontraria a quintessência. Além disso, ninguém jamais saberia de nada do que ela fizera nem de todas as coisas extraordinárias que sabia fazer. Ela estava no fim do mundo e ali morreria, derreteria de volta aos elementos que imaginava governar. Olhou para seu quadro, seu absurdo quadro, e enrolou-o, amarrando-o com a fita que um dia tingira de púrpura do mar, extremamente difícil de extrair.

Seu quarto estava silencioso. A chama de óleo cintilava. As ondas suspiravam ao quebrar nos seixos, e os seixos chacoalhavam. Xênia ficou sentada imóvel e contou as batidas em suas costelas até não poder mais suportar. Tinha vinte anos, e embora houvesse visto o futuro de oitenta e nove fasianos, nada vira do próprio futuro a não ser escuridão, e suspeitava que aquilo significava que morreria jovem. Manteve as mãos acima da chama, os dedos luzindo vermelhos, fechou os olhos com força e então olhou para cima — para a lua, e as Ursas, e a Virgem, e Vênus. Vênus da primavera, tão claro e brilhante, derretendo a lua prateada. Vênus, cujo nome era o alquímico do cobre; Vênus, cujo nome significava amor.

Vênus fez de mim sua sutil artista do amor...

As palavras sussurraram na mente de Xênia, e seus dedos se esgueiraram até os códices de poemas ao lado de seu quadro, os códices que eram quase tão mágicos quanto os seus.

Os poemas circulavam entre os fasianos boca a boca em trechos memorizados desde que um marinheiro grego trocara os fabulosos livros com alguém por alguns sacos de sal naquela primavera. Livros vindos por mar desde Roma, livros escritos pelo poeta mais famoso, mais em voga de Roma — os fasianos haviam ficado assombrados, segurando as capas carmesim e cantos negros e relevos reluzentes. Pois tinham ouvido os mercadores e marinheiros que chegavam até lá falar em Ovídio, pintar sua imagem como a de um deus, ou mesmo um César. Haviam ficado assombrados com a simples visão de seus livros e então, quando Xênia decifrara o latim, chocados. Ao final haviam sido transformados, iluminados por uma nova consciência como uma luz, vestindo as roupas de modos diferentes, fazendo várias tentativas desesperadas para controlar seus cabelos desgrenhados. Em poucas semanas, não havia uma só moça fasiana que não houvesse agachado em cima de uma poça d'água e se virado de um lado para o outro com olhos de uma curiosidade inédita. *Pastoras*, era como Ovídio as chamaria. *Não seja uma pastora do Cáucaso — não se esqueça de raspar as pernas!* Xênia memorizara esse trecho como ferro em brasa, quando tornara a ler os livros sozinha. Pois no final os fasianos lhe haviam dado os livros de presente, já que ela era a única que sabia ler, e ainda por cima latim.

Agora via novamente o fascinante mundo que eles evocavam resplandecendo no escuro: uma mulher de cabelos emaranhados esgueirando-se como um gato pela noite púrpura, um homem subindo a janela de um quarto, um recado malicioso escrito com vinho por um dedo cheio de jóias, um palco brilhante salpicado de açafrão — e aquela bela Corina, despida, provocante à luz das venezianas abaixadas... A intensa embriaguez daquela refinada sociedade, da arte, da complexidade, de *Roma*. Mas, acima de tudo, Ovídio. Via-o novamente, como sempre o imaginava, com um rosto irônico, longas mãos astutas, o que ela quase imaginava como grossas asas. Ele entrava voando por janelas, e ria seu riso seco, e tornava a voar para longe, mercurial. Tão brilhante, tão urbano — mas em suas palavras havia algo dolorosamente ansioso, algo que partia o coração de Xênia: *Ah, deus, não deixe meu nome, meu trabalho caírem nas águas do esquecimento...*

Pois qual a razão de escrever poemas se não forem lidos? É como dançar no escuro.

Era mesmo. Ela cerrou os olhos e, como as voluptuosas pétalas de uma papoula, desabrochou dentro de si a sensação cruciante de que entre ela e aquele poeta havia um parentesco secreto, e um terrível desejo de que ele a *visse* e soubesse: como Amor espionando Psiquê dos céus e fazendo soprar uma brisa para carregá-la para longe.

Lá fora, as ondas quebravam suavemente nos seixos, e os seixos chacoalhavam. Lentamente, Xênia voltou para seu quarto simples, para si mesma, para seu coração batendo dentro das costelas. Baixou os olhos para o códice, para as palavras de Ovídio escritas tão longe, e depois de um instante percebeu que alguns cílios haviam caído; colheu-os e deixou-os cair em sua bolsa de couro de peixe cor-de-rosa. Enrolou o códice, cobriu-o com a capa carmesim e amarrou à sua volta a corda de ouro sedosa. Penteou os cabelos com cuidado, como agora sempre fazia à noite, juntou os fios caídos, colocou-os na bolsa e amarrou-a. Por um instante suspendeu ambas as mãos à luz da lamparina e virou-as lentamente. Segura de que estavam limpas, sem ferimentos, pegou seu espelho de bronze, despiu o vestido e examinou com cuidado o resto do corpo. Sem marcas. Soprou a lamparina e entrou na cama com a bolsa cor-de-rosa.

No escuro, apertou a bolsa contra si, para que aqueles elementos desgarrados de seu corpo não pudessem mais sair pela noite — se fora isso que acontecera. Parecia que parte dela havia escapado, ou alguma outra coisa havia entrado. Ela ainda não entendia, mas naquela manhã terrível, duas semanas antes, tivera que usar uma concha para tirar o sangue de debaixo das unhas. Embora não tivesse havido um arranhão nem uma mordida em seu corpo, nada pegajoso entre suas pernas — apenas sangue em seus dedos e algumas manchas vermelhas em seus lençóis.

Com a bolsa pressionada sobre o ventre, começou a se deixar levar. À luz da lua, sua pele ficava tão branca que se transformava em um azul leitoso, seus cabelos um halo vítreo. Lá fora, a brisa se levantou, apressando os navios pelos mares. Os pinhos do Cáucaso ondulavam como mulheres de luto, misturando seu cheiro ao das algas flutuando nas águas que subiam e desciam. Os dedos de Xênia relaxaram sobre a bolsa, sua boca se abriu ligeiramente. Seu cenho se franziu, sua respiração se acelerou, pois ela caíra no sonho do qual sempre despertava tremendo. Novamente estava escuro e ventoso, e ela era pequena, com o rosto escondido no pescoço úmido de sua mãe. O cesto balançava na água, frio em suas pernas quando a puseram lá dentro. Sua mãe a olhou com olhos ocos, sua boca tão escura e vermelha. Ela quase sorriu, mas não chegou a fazê-lo, e pôs a mão trêmula na bochecha de Xênia — mas então Xênia tornou a sentir uma onda de choque, e sua garganta se fechou com seus gritos enquanto ela saía flutuando sozinha pelo mar.

Enquanto Ovídio virava-se em sua tenda e Xênia era levada pela corrente, muito longe, do outro lado da costa do Mar Negro, através dos Dardanelos, cruzando o Egeu e no alto do Palatino em Roma, a neta de Augusto, Júlia, esperava pelo marido deitada em sua cama de pés de leão, com o desprezo escondido pela escuridão. Sua urina fora cheirada pela velha ama a cada manhã daquela semana, e fora decretado que aquele era o dia. Então suas pernas e axilas haviam sido cobertas de cera negra, e os pêlos arrancados, e durante todo o tempo ela mantivera um sorriso no rosto — o sorriso que já lhe servia há um ano, a cada mês, por trás do qual nada podia ser visto. Houvera os banhos, mornos, quentes, frios, mornos, todos aqueles esforços para excitá-la e derretê-la; depois as massagens com óleos aromáticos, as mãos das escravas subindo por seus tornozelos nus; depois ele também, Emílio, o marido, recebera uma garrafa de óleo, com sussurros sobre como aplicá-lo; tudo aquilo recomendado pelo médico oficial, tão invasivo com seu espéculo de bronze, tão fascinado pela topografia interna da neta do imperador. Ele realmente nunca vira o estrago?

Júlia então sorriu, no escuro, sentindo os dentes brilharem como os de um cão — sorriu apesar do aroma insistente do óleo, apesar dos dedos rudes de Emílio, cujas impressões digitais imaginava marcarem sua delicada pele interior como ferretes. Será que um dia já houvera uma zona feminina mais hostil, perguntava-se ela. Mas *zona feminina* era um termo antigo, todo impregnado de Afrodite. Ela não o usaria, então. *Vagina*. Que significava bainha de espada. Ela achou a palavra dura em sua boca.

Então, inclinando-se pesadamente sobre ela, Emílio pôs o óleo de lado, fazendo a garrafa bater no chão; deve ter imaginado que a preparara adequadamente. E sem mais delongas — a estocada. Como se alguém pudesse gostar daquilo! Júlia fez uma careta e a escondeu imediatamente com um gemido lascivo. Através dos cílios, olhava o rosto monstruoso dele, pairando sobre ela no escuro. Os olhos dele estavam fechados, sua boca aberta, e sua barriga macia começou a bater nela, assim como faziam, em algum lugar, seus testículos. Ela não conseguia imaginar por que ele fora escolhido. Obediência, sangue, supunha. Ele a olhou com olhos escuros e embriagados; ela desfaleceu em resposta. Então ele tornou a fechar os olhos, e ela também fechou os seus enquanto as estocadas ficavam — ah, eram fortes.

Deus!, pensou ela, tentando se defender daquilo, esconder que o fazia. *Deus, Mãe! Por que deixou esta tarefa para mim?* Ah, mas ela sabia que era injusto pensar assim. Seus olhos ardiam; tudo ardia; ela enterrou as unhas no colchão e obrigou-se a pensar em outra coisa. Sua mãe fora exilada por Augusto dez anos antes por causa de seus pretensos adultérios, quando a própria Júlia tinha apenas treze anos, estava apenas começando a sangrar, sem saber ainda aonde seu sangue a levaria. *Ah, minha mãe*, pensou, enquanto Emílio a transpassava: *você fez o que lhe mandaram! E com três maridos, pois foi casada muitas vezes. Augusto queria meninos, já que ficara tão desapontado com você, sua única filha. E você os teve!*

Júlia podia ver os irmãos agora na escuridão permeada de clarões por trás de suas pálpebras: meninos de rosto estreito, pele morena, olhos nervosos por trás das franjas imperiais. Eles estavam agüentando, estavam crescendo, mas então o mais velho morrera de modo muito estranho justamente na idade em que poderia assumir o poder, e o segundo — que curioso —

também morrera. O terceiro fora exilado no ano anterior, enviado para longe por causa de um crime vago. *Então, mãe, todos os seus meninos foram tirados do caminho. Seria porque Augusto dispensara sua primeira mulher quando ela tivera apenas você e casara-se com Lívia naquele mesmo dia, e essa nova imperatriz já estava grávida?*

Então por que também estou sendo reproduzida! Quando o filho de Lívia está esperando? Mas ela sabia por quê, é claro: ela era do sangue de Augusto; suas entranhas eram as mais valiosas.

Suas entranhas: agora, no escuro, Júlia quase riu alto. Arrancaria aquelas preciosas entranhas e tudo o que havia dentro delas com as próprias mãos antes de deixá-las gerar um herdeiro para Augusto.

Enfim Emílio estava terminando. Deu a estocada final, tão violenta que ela sentiu seu corpo se rasgar e não pôde conter o grito, mas disfarçou-o rapidamente em algo que soasse como prazer. Depois houve o tremor final, e ele desabou sobre ela, com a boca aberta em sua orelha. O cheiro dele, de seu suor misturado com o dela, o fedor de peixe, o ranço de cebolas cortadas, de sangue.

— Desta vez com certeza — arfou ele em seu ouvido.

E ela arfou em resposta:

— Sim.

2

Na manhã seguinte, quando o barco de Ovídio deslizou costa acima até a angra de seixos de Xênia, o ar estava cheio de vapor, que pairava entre os pinheiros, entre as videiras com suas flores amarelas em forma de sino, entre as tangerinas, espirradeiras, azaléias e caquis. Tudo que era verde estava se espalhando, abrindo folhas monstruosamente grandes. O zumbido das abelhas era denso; os próprios seixos negros pareciam estalar.

Xênia flutuava em seu lago natural na floresta, preocupada. Apesar do calor escaldante, acordara tremendo naquela manhã, e havia agora lama em seus joelhos. Inexplicável, lama. Então algo estava chegando — ela própria estava se perdendo? O ar apresentava-se tão denso, tão instável, tão *traiçoeiro*. Decidiu manter silêncio absoluto. Agarrando a vegetação aquática, reteve a respiração e mergulhou até a pedra.

Debaixo d'água, Xênia não percebeu um grande barco deslizando lentamente pela costa. Não viu a figura alta de pé na proa, com uma cabeça magra de galgo e longos dedos; nem viu como, depois que o barco ancorou, ele cambaleou ao passar para o barco menor que o levaria remando até mais perto da margem e emitiu uma risada curta, nervosa, levantando o nariz romano para a brisa. Pois vira vacas com água até os joelhos, pastando plantas aquáticas. Vacas no mar! Então talvez fosse ver golfinhos nadando entre as árvores... O lugar era fantástico: ele sabia. A brisa marinha soprou através dele como se ele fosse uma vela, e sua imaginação soltou as rédeas.

Debaixo d'água, em seu lago, é claro que Xênia não pôde ver nada disso. Certamente não viu os longos dedos marrons de Ovídio, salpicados de restos de sal, segurarem com firmeza sua bolsa enquanto ele descia do pequeno barco e pisava os seixos negros. No entanto, quase poderia ter ouvido os seixos rangerem e chiarem sob ele, com o som viajando pelo mar, subindo o riacho, até seu lago na floresta.

Ovídio ouviu o barulho e baixou os olhos para os ovos negros polidos nos quais viu estar pisando. Seu primeiro contato com aquela costa estranha, distante: sublinhou aquilo na sua mente. *Ovos negros*. Lá em cima, na praia, peixes estavam sendo limpos de suas ovas e defumados; ele podia ver as suaves trilhas de fumaça subindo pelos ares. E nesse exato momento duas meninas passaram pela praia, segurando entre si uma cesta de ovos amontoados, sujos de penas. Urbes de pórfiro, disse a si mesmo, imaginando a superfície polida sob seu indicador e polegar. Ovos de gaivota, é claro. Sorriu para as meninas que o fitavam, encantado, dono do lugar. Ovos de gaivota, seixos como ovos, peixes com suas preciosas ovas: imediatamente relacionou tudo isso com seu nome. E assim sentiu-se bem-vindo, sentiu que tinha total liberdade naquela região um tanto remota, um tanto ir*real*.

Caminhou lépido pela praia de seixos, observando como ela se parecia com um mosaico, uma superfície feita de pedaços, embora mais tosca, mais intacta. *Intacta!* Mais uma vez o prazer percorreu-lhe o corpo. Era isso que procurava: um lugar primevo, antediluviano.

Enquanto isso, Xênia afundara mais uma vez. Era capaz de reter a respiração por muito tempo, o que praticava sempre, em caso de exorcismo. Deu um chute, assustando um caranguejo, e foi mais fundo. Não fosse por isso poderia ter ouvido aquelas sandálias romanas e seu pesado fardo esmagando a areia da praia, parando enquanto ele olhava curioso para sua pequena casa, depois subindo as dunas brilhantes, embrenhando-se entre os pinheiros, afundando na areia e pisando as sementes, parando para sacudir alguns grãos. Poderia ter sentido a maneira como a figura esguia afastava galhos de rododendro enquanto tropeçava pela floresta. Poderia ter sabido como ele finalmente passou um pulso magro molhado por uma testa molhada, deixou cair ao seu lado a pesada bolsa, desabou sobre um pesado tronco de árvore a poucos passos e lutou para tirar as pesadas roupas, as sandálias arruinadas, enquanto seus olhos e sua garganta quente atiravam-se com impaciência em direção a seu lago vítreo.

Finalmente sem fôlego, ela empurrou as pedras com as palmas das mãos e, soltando as últimas bolhas, subiu, irrompendo pela superfície. A água fresca pingava de seu corpo azulado e ela bateu nos ouvidos, sacudiu uma perna e depois a outra, livrando-se da água e dos fios das plantas, sacudiu-se em um espasmo selvagem e agachou-se para pegar as roupas. Demorando-se um instante, pousou a palma da mão sobre a superfície do lago, leve como alguém que caminha sobre as águas, e observou seu reflexo. Então ficou em pé e, enfiando um braço pela manga do vestido, viu pela primeira vez, com a força de uma pancada, o par de olhos cinza chocados entre as videiras. Afastou-se correndo mata adentro.

3

Notável. A ponta fina do estilo de Ovídio arranhava a cera negra de sua tábula de madeira, que ele pusera perto, mas não perto demais, da lamparina a óleo perto da janela. Estava na pequena palafita que alugara mais acima na costa, a alguma distância daquele lago, perto do rio, depois que conseguira atravessar o bosque e que encontrara os fasianos. Uma casa, uma velha senhora para trazer-lhe as refeições, primeiro alguém para recolher as coisas que ele deixara na praia.

Um halo de insetos voava ao redor da chama — insetos ribeirinhos, quase transparentes, que ele nunca vira antes; deviam ser nativos daquela terra quente, estranha. De vez em quando um deles se aproximava demais, queimava rápido, caía sobre sua tábula e era atirado longe por um dedo impaciente. Estava tão úmido que seu pulso suava e grudava-se à cera. Ele o sacudiu e assustou-se absurdamente com o barulho da tábula ao cair sobre a mesa. Voltou ao trabalho.

Notável! Gostaria de escrever a palavra mais uma vez, até, para maior ênfase, mas não tinha espaço e era experiente, embora se permitisse na cera algumas indulgências pouco artísticas que seriam impensáveis no estágio final do papiro. Em vez disso, sublinhou a palavra — *Mirabile!* — com um risco longo e decidido. Seguiu-se uma profusão de nomes: *Salmacis*, *Hermaphroditus*, *Arethusa*, *Narcissus*; este último sublinhado duas vezes. Pois aquela moça no lago de algum modo *personificava* as figuras com as quais ele sonhara, que enchiam seu último trabalho, suas maravilhosas *Metamorfoses*. Figuras irreais, parte fantasia, parte mito, transformando-se rapidamente: moças que, correndo, viravam água ou árvores, rapazes que se dissolviam em seus reflexos. Ela simplesmente emergira daquele lago, com sua pele da cor da água, exatamente como ele escrevera. Ovídio riu alto daquela presunção, com aquele latido seco que tinha. *Absurdus*, escreveu bem grande.

Agora, de qualquer maneira, podia realmente ver os lugares em que viviam suas figuras imaginadas; podia sentir o cheiro daquele ar pesado, úmido, narcótico, impregnado daquelas doces flores brancas. Então havia mesmo lugares — lagos cercados, angras secretas — onde qualquer coisa podia acontecer. Onde as regras humanas podiam ser quebradas, onde as leis da natureza podiam ser esticadas, onde os limites das coisas corporais podiam se dissolver...

Suas *Metamorfoses*. Os copistas as terminariam em mais um mês, e então — seriam publicadas. Estava contente por não estar em Roma, esperando. Tinha grandes esperanças para esse livro, as maiores. *Precisava* agradar Augusto; Ovídio o elogiava no livro, duas vezes. Precisava fazê-lo esquecer aqueles escritos eróticos, enquanto Ovídio não estivesse em Roma para provocá-lo. Deixe-o ler esse novo livro, e amolecer.

Mais uma vez viu o suor na testa de Marco e Júlio naquela noite em sua sala de jantar de paredes vermelhas, quando eles o haviam alertado de que o desprazer de Augusto podia algum dia ter conseqüências sérias. Que absurdo, respondera ele em voz alta — ele era apenas um *poeta*, nunca chegaria a esse ponto! O próprio Augusto não escolhera Ovídio havia muito tempo, selecionando-o entre outros rapazes de sua aldeia modorrenta para ir a Roma, estudar Direito e transformar-se em um patrício adequado? Augusto não lhe dera um cavalo? A isso, Marco respondera que, com ou sem cavalo, Ovídio, na verdade, não se tornara nada *adequado*, muito menos o advogado de Estado no qual Augusto apostara. Ovídio rira, de forma explosiva demais, balançando os longos braços enquanto andava de um lado para o outro e explicava o que seus amigos bem sabiam: que tentara com muito esforço, mas fora um advogado terrível — Augusto seria o primeiro a admiti-lo; que simplesmente não tinha sangue patrício; que, no fundo, nunca seria nada a não ser um poeta.

Mas havia poetas e *poetas*, retrucara Marco. Poetas *sérios* que não tentavam minar o império. Mais uma vez Ovídio rira, ultrajado, estupefato. Nunca tentara minar coisa alguma! Muito menos o império moral de Augusto, com sua proibição do adultério, do aborto, da feitiçaria, e assim por diante; nada estivera mais distante de sua intenção! Alguns dos poemas, é verdade, iam longe demais... mas ele não se arrependera? Ele próprio não os queimara? Muito embora, como ficara bem comprovado (nesse ponto ele produzira a citação), o livro avisasse explicitamente às mulheres virtuosas para se manterem afastadas, então como poderia corrompê-las? De qualquer modo: não, ele não tinha interesse em política — certamente o fato de abandonar a escola de Direito provava isso. Era apenas a *vida* que desejava dominar, apenas ossos vivos chocados que desejava tocar, explorando as profundezas da carne humana. E não começara finalmente a fazer isso — com suas brilhantes e penetrantes *Metamorfoses*? O próprio Augusto se comoveria ao lê-las! Fora isso que Ovídio dissera, cheio de fúria, com o rosto brilhante e quente. Mas vira o olhar dos amigos e sentira a própria ansiedade, então concordara em se ausentar por algum tempo.

Suspendeu as mãos em concha sobre a chama e observou o fulgor vermelho de seus ossos. Olhou para fora, para o céu, para as profundezas escuras e móveis, e teve uma sensação intensa de si mesmo como homem, na terra, olhando para cima. Humano, divino: como seu próprio Dédalo alado, como sonhava em voar. Mais uma vez aquele desejo agonizante surgiu quente e urgente em sua alma.

Ser *conhecido*. Ser *lembrado*. Viver para sempre.

Viu-se então como estivera apenas seis semanas antes, ao partir de Roma. De pé no convés daquele navio parecido com uma ninfa do mar, com suas velas douradas e vermelhas e brancas, seu busto esculpido na proa, seu rabo de peixe na popa, espiara a multidão de mulheres sacudindo os véus para ele no porto. Quando as cordas foram soltas e o navio partira, levantara o braço em um aceno e rira, desenhando círculos no céu, imprimindo ali suas iniciais como ansiara tão dolorosamente por fazer. No entanto, naquele exato momento, com as velas batendo, as gaivotas guinchando, a água fustigando os flancos oscilantes da ninfa, ficara chocado ao descobrir a garganta subitamente presa, os olhos ardendo. Soube imediatamente que aquilo era um pressentimento. Não do tipo que impediria o navio de partir — nada como o grasnar de um corvo, ou sonhar com um touro negro no ataque, que logicamente significam naufrágio —, mas pessoal: uma sensação penetrante de perda futura. O véu de luz e cor à sua volta fora subitamente retirado, e durante um breve instante o mundo ficara árido, mineral, reduzido. O vento roubava-lhe o ar que tentava engolir, e o mar espumava e varria os flancos do navio, revolto, cinzento e profundo. Ele se sentira imediatamente muito menor, e tivera frio.

Então Ovídio estremeceu; a chama de óleo tremeu; ele alisou os pêlos eriçados em seu braço.

— *Absurdus* — sussurrou, e buscou conforto no som da própria voz.

Em algum lugar à sua frente, no escuro, estava o mar, com sua respiração constante, tão silenciosa a ponto de ser esquecida até ele fazer um esforço para percebê-la novamente, e então ficava insistente. Tinha a bolsa a seus pés, e as tábulas em branco e códices arrumados diante de si sobre a mesa. Respirou fundo, instando a si mesmo que aceitasse aquele ar verde, pesado, em nada parecido com a poeira seca de Roma. Pousou o estilete, estalou os dedos, esfregou os lábios e refletiu.

Essa mesa de madeira tosca, esse chão de madeira tosco, essa cabana incomum com suas pernas finas mergulhando em uma pequena colina coberta de grama, com o rio correndo a toda volta. Os fasianos viviam atrás dele, em sua aldeia de casas iguais àquela, com seus barcos feitos de troncos de pinheiro, o cheiro de esturjão defumado por toda parte, mulheres atentas nas portas das casas, tecendo linho. Aquelas pessoas já haviam sido famosas por seu ouro, seus escravos e uma bruxa fabulosa: agora cuidavam apenas de peixe, madeira e tecido, ali além dos limites do império, esperando pelos mercadores que faziam a longa viagem. Vira que desenhavam seus mapas em madeira — tudo à sua volta era de madeira: as casas, os barcos, até mesmo as armaduras. Sua pele também, pensou, e seus cabelos... Gostaria de ver-lhes os dedos dos pés. Eram como pessoas que se misturavam novamente à floresta. Falavam um grego arrastado e grosseiro, mas diziam haver uma pessoa entre eles que sabia latim e, sugeriam, outras coisas também.

Aquela moça, pensou ele, ou o que quer que fosse.

Emergindo da água daquele jeito! Um lago de água perfeitamente imóvel! Ele quase engolira a própria língua. Quem saberia em que tipo de lugar ele fora parar? Mortiço, monstruoso, irreal.

Amazonas, por exemplo. Acreditava nelas de verdade. Mulheres guerreiras, de coxas fortes e suadas equilibrando-se em cavalos a galope, soltando gritos selvagens de suas bocas secas e rachadas. Gostaria de ver uma delas. Certamente gostaria de ver o lugar onde o seio infantil fora obrigado a murchar. Imagine o som disso sendo feito! Ainda haveria um mamilo? O fantasma de um mamilo, um vazio? Ou apenas um lençol de pele lustrosa, insensível? E não só amazonas: bruxas, eunucos. Mulheres que comiam os próprios bebês.

Mas voltemos a essa moça.

Pensou no corpo dela, com a pele de mármore azulado e aqueles cabelos molhados, vítreos. Ela vivia ali, naquele lago? Ele fora surpreendido por uma súbita visão de gelo matizado, antes de ela se sacudir e bater as pernas e juntar suas coisas e se afastar abruptamente. Sua carne parecera tão jovem e densa, deliciosamente cheia! Nada parecido com a maneira como sua própria pele morena envelhecida ficaria depois de um longo tempo na água fria. Mas gélida, com as veias azuis visíveis sob a pele clara, como água correndo sob gelo.

Gelo. Era tão quente ali. Ovídio passou o pulso úmido pela testa úmida. Cerrou os olhos no calor úmido, imaginando com tanta força que quase pôde *sentir* a pele da moça derretendo ao toque de sua língua. Pois não se tratava apenas de sua aparência, teve finalmente que admitir. No instante em que aqueles olhos selvagens haviam voado para dentro dos seus, ele sentira aquilo novamente, ficara totalmente paralisado, e perguntava-se agora se aquilo estava acontecendo de novo, com que freqüência podia acontecer na vida de uma pessoa.

A notícia da presença de Ovídio correra como o próprio rio por todas as palafitas dos fasianos. Dentre todas as pessoas, o poeta mais famoso, mais em voga de Roma estava passando férias entre eles! Quando poderia estar em Baia ou Sorrento ou em qualquer lugar luxuoso do mundo! A notícia correu por toda parte, cintilando na superfície da água salobra iluminada pela luz da lua; e depois de passar por todas as casas — fazendo os rapazes fasianos passarem mãos cobertas de óleo pelos cabelos tentando parecer romanos elegantes, fazendo as moças e mulheres fasianas se entreolharem horrorizadas e lamentarem a decepção de seus vestidos simples e de sua falta de arte —, a notícia viajou mais devagar, como uma enguia noturna, pelo estreito braço de rio que vinha da aldeia dos fasianos e percorria a floresta até chegar à angra onde Xênia vivia, sozinha.

Durante toda a tarde, ela ficara relembrando, tentando ver novamente o que pensava ter visto de relance, *quem* pensava ter visto, escondido nos arbustos — como se houvesse sido levado até lá pela vontade dela. Agora a milagrosa confirmação a atingia com uma violência que fez seu corpo explodir como Sêmele recebendo Jove sem diluição, e ela ficou paralisada, com seu destino zumbindo em volta dos ouvidos.

4

Logo depois da madrugada, Ovídio se viu esgueirando-se pelo bosque de pinheiros. O ar estava fresco, entremeado com o aroma dos rododendros e narcisos. Uma luz pálida entrava de viés pelas árvores pré-históricas; uma bruma matutina subia do chão de agulhas e areia e flutuava entre as videiras. O que faz o pré-histórico — o *intocado* — parecer não velho, mas novo?, perguntou-se.

Galhos se partiram; arbustos folhudos sacudiram; ele podia ouvir a própria respiração arfante, nervosa. Disse a si mesmo com irritação que precisava aprender a se mover mais como uma pantera. As ruas romanas de colunas e chão de pedra não o haviam ensinado a esgueirar-se por bosques; precisava se lembrar de seus dias de menino, desviando-se de javalis entre os bosques de castanheiras de Sulmo. Agora ele era tão alto: os galhos arranhavam-lhe o rosto; precisava se abaixar para evitar a folhagem, afastar constantemente os mosquitos à sua volta. Seguiu por entre os pinheiros até as agulhas caídas ficarem mais esparsas, a areia úmida mais macia e mais profunda, e finalmente saiu do bosque e entrou na manhã fresca da praia. Ali, de onde podia ver as ondas quebrando e sua pequena casa, agachou-se atrás de um monte de arbustos que cresciam em uma duna baixa.

Pelo menos imaginava que fosse a casa dela — se é que ela vivia em uma casa, e não na própria água. Não a vira de novo, embora estivesse entre os fasianos havia vários dias, comprando ovos de pórfiro e esturjão defumado e um ou outro faisão. Não era possível que fosse um deles, com suas sobrancelhas grossas e negras e seus olhos negros vidrados — olhos da cor das algas que flutuavam ali agora, onde pastava uma inexplicável vaca, com o rabo varrendo a espuma ao se levantar.

Estava perto o bastante da casa para ver a mesa de pedra do lado de fora e várias coisas secas pendendo dos beirais. Uma cesta usada também estava pendurada ali, e uma escada saía dos seixos e ia até a porta. Havia algumas pequenas janelas, uma de frente para o mar, com o que pareciam objetos de vidro no peitoril. Ele se acomodou atrás de um arbusto de rosa rugosa, enterrou os longos dedos na areia lisa, com uma crosta por cima, e espiou através dos arbustos no ar imóvel da manhã, com o sol agora visível sobre as colinas.

Depois de algum tempo, quando seus olhos haviam começado a se desviar, a porta se abriu subitamente. Ele agachou-se mais, e a moça apareceu — ou ele pensava que fosse ela; mal podia acreditar. Seus cabelos pálidos não estavam mais vítreos, mas revoltos, seu rosto distorcido. Ela olhava para as próprias mãos como se fossem aranhas, estendendo-as diante de si, com os dedos afastados. Desceu a escada aos solavancos e correu pela praia, e, quando passou na frente dele, ele viu que seus dedos estavam ensangüentados.

Inclinando-se para a frente, espiou por entre as folhas. Ela estava agachada na água, mergulhando as mãos vezes sem conta e sacudindo-as com violência, como que para jogá-las longe. Finalmente levantou-as à sua frente. Não pareciam estar machucadas. Mas ela ainda não havia terminado — pois em seguida dobrou o corpo e deu tapas nos pés, nos tornozelos, nas canelas, como para se certificar de que estava ali.

O nariz de Ovídio comichou ao toque de uma rosa, e ele tornou-se terrivelmente consciente de um tufo amarelo de pólen. Controlou as narinas trêmulas e conseguiu não espirrar — mas será que ela o ouvira, de algum modo? Assim tão longe da água? Pois ela se virou, fixou um olhar atento em sua direção, depois tomou impulso e pulou, atirando-se no mar. Seu corpo esverdeado ficou suspenso numa onda.

Ele permaneceu atrás do arbusto, os dedos esquecidos enterrados profundamente na areia, observando a forma dela cintilar na água. *Glauco*, pensou, sem tentar. *Galatéia*. Justamente a maneira como ele imaginava suas criaturas, seus seres selvagens, ambíguos. Era incrível o modo como ela as personificava. Ele quase pensou que ela se transformaria diante de seus olhos: viraria água, ganharia uma cauda.

Mas aquelas mãos.

Ele se sentou. Certamente havia algo na casa, alguma explicação prosaica? Ela devia ter *feito* alguma coisa.

Então, por que estava tão surpresa, tão horrorizada? Como se houvesse acordado e as tivesse encontrado ali, no travesseiro ao lado de seu rosto! Ele estremeceu por frio deleite.

A superfície ondulada do mar cintilava ao sol nascente. Ovídio observava com atenção, buscando a forma dela nas ondas, mas ela nadara para o fundo, ou estava atrás de uma onda, ou estava do outro lado escondida pelas pedras. Ele teve um súbito impulso de se levantar e correr até a casa dela, e subir a escada, e ver o que havia lá dentro — ou, melhor ainda, de atirar-se na água e agarrar aquela forma escorregadia, esbelta, protéica, e fazê-la dizer o que havia feito.

Uma brisa súbita soprou, ondulando a superfície do mar; este correu rápido sobre os seixos e a areia úmida em sua direção, na duna, trazendo consigo um cheiro fresco e mineral, arrepiante. As pétalas da rosa rugosa tremiam, encostando em seu rosto malbarbeado. Da casa, da porta da frente, veio um barulho alto.

Olhou em volta, furtivo, desagradavelmente consciente do que estava fazendo. Levantou-se, fazendo estalar os joelhos, e afastou-se apressado pelos pinheiros, deixando um pedaço de pano em um espinho pontiagudo.

Instantes depois, Xênia estava de pé, pingando, onde Ovídio estivera, com o estrondo em seus ouvidos encobrindo o barulho do mar. Quase ficara cega com o que vira: não apenas o homem em si, esguio, agachado, elegante, *famoso*, mas tantas outras coisas atrás dele, flutuando ao seu redor, todas aquelas pequenas figuras! Um menino de asas, outro com uma cauda de peixe, um menino-menina, uma árvore chorando... Era estonteante; nunca vira tamanha riqueza, tamanha *vida* — cores brilhantes como as de um pavão! E o fato de ele ter-se agachado ali com seus olhos famosos, interessados, aqueles olhos fixos *nela*... A simples idéia a deixava desnorteada, e ela caiu de joelhos — mas ali estavam suas pegadas, vindas até ela de Roma. Tremeu. Então viu o pedaço de pano deixado para trás e tirou-o do espinho — um talismã! Olhando para baixo novamente, descobriu os buracos feitos por seus dedos. Ele não só a observara — ficara preso ali, *enfeitiçado*.

Ela pôs um dedo no buraco, e um rubor percorreu-lhe as faces. Ainda estava quente? Tirando a mão, olhou para ela, só então se lembrando do sangue. Mas o pensamento perturbador passou, pois sua mente estava correndo como o vento. Ele viera até ela — mas por quanto tempo ficaria? E depois? Ela entrou em pânico. Precisava cortar o dedo e um cacho dos cabelos; precisava usar aquele pedaço de pano, e aqueles buracos na areia, e o próprio livro de capa carmesim; sim, teria até que queimar seus poemas. Correu da duna até sua casa, com feitiços de amor jorrando da língua.

5

Durante os dias seguintes, Ovídio passou horas olhando para sua coleção de tábulas em branco, para o mar, para o sol que se punha, e para os anéis azuis de gás em volta de sua chama de óleo à noite. Muitas vezes sua mão se levantava sobre uma tábula, com o estilo afiado e pronto, mas todas as vezes fraquejava e caía. Percebeu que mais de dois meses haviam se passado desde que deixara Roma, mais de dois meses desde que escrevera uma palavra de verdade. A cera negra de suas tábulas estava muda como o mar, e ele começou a ter uma profunda sensação de turbilhão, como se dentro dele estivessem as espirais de uma concha. Então se sentiu no direito de observá-la novamente.

Desde aquela manhã na praia, vira-a duas vezes. Primeiro por acaso, na aldeia. Ela se destacava tanto, com aquele ninho de cabelos emaranhados e a pele branca entre os fasianos morenos; seus braços estavam cheios de grinaldas de algum tipo, amuletos, como pacotes. Pois ela era uma *pharmaka*; a mulher que levava os pepinos e o faisão de Ovídio lhe contara. Uma espécie de maga, e alquimista também.

— Quer dizer uma feiticeira? — perguntara ele, mas a mulher baixara os olhos, preferindo usar as próprias palavras.

Ele não podia acreditar que não percebera de imediato. As coisas secas penduradas no beiral, todos aqueles objetos de vidro no peitoril da janela... Mas é claro que nunca vira uma feiticeira de verdade antes. Embora se dissesse que algumas ainda existiam, em algum lugar de Roma, apesar de Augusto.

Os fasianos haviam lhe contado: como outras de sua raça, os ouvidos ou olhos de Xênia eram diferentes, permitindo-lhe ouvir e ver as pequenas partículas que as pessoas irradiavam — seus pensamentos, sonhos, maldições e lampejos de seu futuro. Aquilo se tornara claro quando ela tinha seis anos e começara a gritar e soluçar, batendo no próprio rosto. Os fasianos, com quem ela morava na época, haviam ficado apenas um pouco surpresos. Haviam-na observado, silenciosos, em círculo, com os indicadores apoiados na testa. Pois sempre haviam suspeitado daquilo, desde que tinha sido encontrada naquela cesta molhada na praia, uma criança azul e trêmula com olhos terríveis, traídos.

— Ela foi abandonada? — perguntou Ovídio. — Por seus pais?

Os fasianos olharam para ele como se dissessem que era impossível ela um dia ter tido pais; era como se o mar a houvesse dado à luz. No entanto, eles a haviam acolhido e criado, e quando ela confirmara suas suspeitas com aqueles gritos e visões simplesmente a haviam amarrado e confiado sua guarda sucessivamente durante quatro anos a um mago, a um alquimista e a uma *pharmaka*, para que seus dons selvagens pudessem ser disciplinados. Depois do treinamento, Xênia voltara para eles, cheia de códices e instrumentos, esbelta e controlada e orgulhosa, mas sempre com aqueles olhos terríveis. Os fasianos construíram-lhe uma pequena casa na angra onde ela aparecera...

— Sozinha?

Eles olharam para ele: é claro. Eles ficavam do seu lado da floresta, procurando-a só quando precisavam. Ela curava seus ferimentos e fazia talismãs de amor...

— Que funcionam?

Ah, sim, confirmaram eles. Quando ela fazia um sortilégio — quando queimava o cabelo e o amuleto, e dizia todas as palavras mágicas —, a pessoa ficava sob efeito da magia, nada havia a ser feito. E, se quisesse, ela também lhe diria seu futuro.

— O futuro, é mesmo? — perguntou Ovídio, com os dedos distraídos acariciando rapidamente o joelho.

Não havia dúvida, disseram eles; ela seria capaz até de indicar seu túmulo.

Quando Ovídio a viu entre os aldeãos, ela estava pálida e altiva; todos faziam silêncio e se afastavam quando ela se aproximava. Mas, quando ela percebeu que Ovídio estava ali, ele percebeu, deliciado, um tremor percorrer-lhe o corpo, a imperceptível hesitação do passo que ele identificava tão bem. Aparentemente, ela sabia quem ele era. Eles diziam que ela sabia latim; poderia até ter lido seus trabalhos.

Ela logo se controlou, seguiu em frente, com os olhos distantes, desinteressada. Quando chegou perto o suficiente para ele poder notar as intrigantes sombras azuis em torno do pescoço e das mangas de seu vestido, lentamente ela desviou os olhos de seu foco distante e os deixou pairar sobre os dele — apenas por um breve instante — antes de baixá-los calmamente e prosseguir.

Ovídio ficou pasmo: não apenas por ter visto aqueles olhos de perto: um, cinzento como o mar; o outro, quase dourado... mas pela violência com a qual sentira aquele olhar. Virou-se para o outro lado, envergonhado, perturbado. Quantas vezes isso poderia acontecer? Fora exatamente assim com a sua Corina, com a mulher que o mundo conhecia como a Corina dos seus *Amores*: imediato, obrigatório, nada a fazer. E, no entanto, o olhar parecera tão premeditado, tão elaborado... Sim. *A Arte de Amar*, livro três. Ela *estava planejando*!

Então, ele se sentiu à vontade, e duas noites antes saiu. Andou sobre a grama, atravessou o chão de espinhos e entrou na floresta de pinheiros do Cáucaso. Como todos em Roma ficariam encantados em vê-lo agora, pensou, num arremedo do papel que aperfeiçoara nos *Amores* — esgueirando-se pelas sombras, tropeçando nos galhos soltos, com as mãos estendidas diante do corpo, transpirando, iluminado de vez em quando pela lua que se divertia, tudo em busca de uma garota. O tema? A vigília noturna do amante, a súplica do amante diante da porta de sua garota, à espera daquele ínfimo pedaço de sorte, daquela ínfima réstia de luz separando a porta de seu umbral.

Começara assim com Corina, aquele esgueirar-se tarde da noite, e terminara assim também — toda aquela agonia, tantos anos atrás. Em palcos invisíveis, ele se transformava de amante em marido adorado — era isso que os olhos silenciosos dela lhe haviam dito — em irritante, em sitiante. *Você parece um corvo!*, gritara ela no dia que fora o começo do fim. *Pare de olhar!* Ele ainda podia ouvir o tom agudo de sua voz, ainda podia ver suas belas costas nuas enquanto ela se afastava, zangada. Mas ele não parara, não é mesmo? E finalmente ela fugira do monstro faminto em que ele se transformara. Ele nem sequer vira essa transformação antes de ela se completar, antes de ouvir a própria voz rouca na rua escura dela, antes de ver a própria mão furtiva batendo na porta dela, a mão que ela tantas vezes apertara contra seus olhos quentes, afogueados. Tudo que pôde fazer então foi aniquilar aquilo, por meio da violência promíscua que intitulara *A Arte de Amar*.

O ar estava tão úmido que sufocava; pressionava suas têmporas tensas. Ovídio esperou até conseguir respirar de novo, depois sacudiu a cabeça com força, levantou os ombros e seguiu em frente, deixando o fantasma de Corina para trás. Ele era muito jovem. Ela também.

Finalmente ouviu o mar, aquelas pequenas explosões tênues de água; saindo da floresta, viu a vasta escuridão cintilando sob o céu. E ali estava a casa da moça, e a lua naquele instante desvencilhou-se das nuvens e a iluminou, nua e solitária em sua paisagem de seixos. Ele podia subir as escadas e, segurando firme, passar o corpo pela janela que dava para o mar. Mas como caminhar em silêncio por aqueles seixos ruidosos? Por sorte, no entanto, as ondas rugiam e gemiam como as feras criadas sob as ruas de Roma, mantidas famintas para devorar os criminosos...

Você não é um criminoso, disse ele com firmeza para si mesmo. Está no fim do mundo. Deve haver leis para alguém ser um criminoso, e este lugar — está muito além das leis.

Cada passo que dava era no exato instante em que uma onda quebrava, abafando seu som com a água. Esgueirou-se por trás da casa, abrigando-se em sua sombra criada pela lua, ficando assim oculto também pela luz. Protegido pela água e pela luz: as leis da natureza o envolviam, já que as leis dos homens não o faziam. Transpirando, seguiu em frente, movendo-se com cuidado ao redor da casa. Quando chegou à mesa de pedra, algo passou raspando por sua cabeça, e ele se abaixou, encolhendo-se com um medo mortal. Acima dele balançava a velha cesta usada.

Ovídio tocou um dos degraus da escada com uma das mãos, e seu estômago se contraiu com aquele gesto familiar. Uma mão, duas, agora um pé comprido, e ele se içou até a porta.

Naquele instante, a lua iluminou gentilmente a maçaneta de bronze da porta, a própria sereia de duas caudas, com seus pequenos seios perfeitos e seus braços esguios abraçando as caudas suspensas dos dois lados do corpo. Ele correu um dedo pela cauda do peixe, pelas diminutas escamas e pela suave pluma no final, pela encantadora barriga em miniatura e pela curva flexível dos quadris... Sentiu uma excitação absurda.

Então, finalmente: com a mão esquerda segurando a escada, estendeu o braço para a direita e agarrou o peitoril; apoiando os dedos dos pés entre duas tábuas, espiou para dentro.

E o que viu a não ser uma moça de pele branca com longos cabelos emaranhados, encolhida, de barriga para baixo, em meio a lençóis amarrotados, com um pé sujo escapando das cobertas. Ficou parado ali, olhando para seu calcanhar de marfim nu, e subitamente quis tocá-la. Naquele instante ela coçou o braço e se virou; Ovídio reteve a respiração, com os dedos agarrando o peitoril — e então viu que sua boca estava amordaçada.

Um pedaço de seda verde salpicada de dourado havia sido amarrado com firmeza sobre sua boca — ele podia ver como apertava suas bochechas. No entanto, suas mãos estavam livres; ela coçou a seda com um dos dedos. Ela própria amarrara o pano. Ovídio sentiu um tremor. Seria para manter-se calada? Mas havia uma floresta entre ela e qualquer outra alma vivente. Para manter algo lá dentro, então? Ou para manter algo *fora*?

Enquanto ela dormia, seu cenho se franziu profundamente. Enquanto deixava que os olhos a examinassem, ele viu suas mãos se contraírem lentamente e cerrarem os punhos. Elas se moveram sobre seu peito, com as unhas enterrando-se nas palmas. Então era assim que ela sangrava? Ele se esforçou para ver mais de perto. Enquanto observava, fascinado, suas mãos lutaram com o pano que lhe cobria a boca; então, abruptamente, arrancaram-no. Liberta, de lábios abertos. Ele observava, com seus próprios lábios apertados para ocultar o som de seu coração aos trancos. Mas ela não emitiu nenhum som. Em vez disso, expirou profundamente, mais do que um suspiro, como se estivesse se livrando de todo o ar em seu peito, de todo o seu ser. Ficou deitada imóvel, esvaziada, com os lábios ressequidos.

Ela estava viva? Ele quase a sacudiu pelo ombro, mas retirou a mão e pousou-a novamente sobre o peitoril. Foi quando uma brisa se levantou atrás dele, arrepiando os pêlos em seu pescoço. Uma brisa estranha, com um sopro de podridão fria, como que vinda das profundezas do chão. Ovídio estremeceu, e, quando esta brisa entrou pela janela, ele ouviu um farfalhar de papel e sentiu o toque de uma corda de seda em sua mão. Arrepios percorreram os braços dos dois, quando a brisa a alcançou, suspendendo um fio de seus cabelos; ela abriu os lábios e inspirou profundamente. E, naquele instante, pareceu se alterar: seu rosto escureceu de raiva.

Mas fora tudo que acontecera naquela noite. Ela não se moveu mais; não se levantou. Finalmente, ele se esgueirou de volta para casa, insatisfeito.

Ovídio fitou o movimento silencioso dos insetos que dançavam em volta da chama; com indolência, passou a mão por ela, afastando-os. Cheirou a própria mão e estudou a mancha escura e oleosa do lado da palma. Foram necessários alguns instantes para que as pequenas criaturas se recuperassem, se reagrupassem e continuassem seu movimento silencioso.

— Vai se queimar — informou ele a um inseto que voava perto demais do fogo. Soprou suavemente, fazendo com que ele flutuasse em direção à janela. Mas, depois de um instante, o inseto voltou, determinado. Ele o viu se chamuscar e depois flutuar até a mesa. Colhendo-o com um dos dedos, lançou-o para fora da janela. Perguntou-se se o pequeno espírito da criatura queimara junto com suas asas transparentes e com seu ventre curvo, se seu espírito era gasoso e se ficaria azul quando queimado, e então simplesmente desapareceria.

Respiração, espírito: Ovídio uniu suas mãos compridas. O suspiro que a moça dera, a brisa fria, podre, que parecera subitamente percorrer o quarto: podia vê-lo agora, animar-se. Pois *anima* queria dizer brisa, respiração, espírito, tudo junto. E isso era tudo que as palavras eram, tudo de que alguém era feito. Apertando os olhos para ver a escuridão além da chama tremeluzente e através de seus círculos, imaginou que o que entrara no quarto dela não fora simplesmente ar, mas algo *figurativo*. Talvez fosse algo sutil que emanasse daquela paisagem selvagem, vegetativa, algum espírito sinistro daquele lugar que, inclinado sobre seu peito adormecido, flutuava para dentro de sua boca, e ali causava uma mudança: infundia-lhe um caráter diferente.

Será que essas coisas vivem no ar e podem entrar em alguém à noite, como o ar? Ele próprio imaginara isso, em sua história de Erisícton e Fome. Sua Fome fora monstruosa, toda ossos e feridas e privação — entrara voando pela janela do guloso Erisícton, acocorara-se em seu peito, esperara até sua boca se abrir com um ronco, e então penetrara nele ignominiosamente. Agora Ovídio se lembrava, com um tremor excitado, que sua Fome vivera ali, no Cáucaso. Mais uma vez, *mais uma vez* aquela moça personificava seus personagens — como se ele próprio a houvesse inventado.

Absurdus.

Esfregou os braços nus rapidamente para alisar os pêlos finos que se haviam eriçado. No entanto, ainda sentia um calafrio, sentia aquele nó muito, muito antigo de culpa, enquanto arrumava cuidadosamente suas tábulas de cera em branco, enquanto amarrava as sandálias nos pés, enquanto soprava a lamparina e enquanto descia a escada até a grama alta.

Naquela noite, não chegou até a casa dela. Havia ultrapassado a grama e o campo de pepinos, e estava perto dos altos pinheiros eriçados que iam dar na casa dela, apoiado por um instante em um tronco para sacudir alguns espinhos da sandália, quando viu o que procurava.

A lua estava minguante, desigual, mas ainda assim sua luz penetrava pelos galhos finos, tornando a casca das árvores prateada e formando poças de luz no chão de areia. Quando ele parou, a floresta pareceu ganhar vida à sua volta; sem ouvir mais a própria agitação e os engasgos, ouviu as árvores, a brisa, as ondas difusas ao longe, pequenos movimentos animais. Então distinguiu uma voz baixa.

Uma silhueta pálida estava acocorada em uma clareira, logo à sua frente. Ele se encolheu contra o tronco e escutou. Uma canção, pensou, um acalanto baixinho, que só produzia o mais tênue dos sons. Sua massa de cabelos revoltos, sua forma inclinada e rodeada pela luz da lua. Ela quase parecia uma criança, segurando uma boneca.

Então, para seu choque, ouviu-se o grito agudo de um animal. Ele só viu um lampejo — um branco, um vermelho cru — e um galho se partiu sob seus pés e ela sumiu, deslizando como um fantasma para dentro da floresta.

Atrás dela, ele ficou parado perplexo, preso à árvore, com os olhos redondos fitando a escuridão, ouvindo o grito e relembrando a imagem ainda presente em sua mente. Tremia. Podia vê-la: inclinada sobre a pequena criatura peluda, ou emplumada, ou o que quer que fosse, cantando aquela cantiga, ninando-a, e então — unhas e dentes. E, no entanto, será que ela sabia? Depois como correra. Titubearia até o chão de seixos, subiria a escada de sua casa, cairia na cama. E no dia seguinte acordaria com as terríveis provas. E correria para lavá-las.

Ele se apoiou na árvore, equilibrando-se com uma das mãos atrás do corpo. Arrancando um pedaço de casca, esfregou-o entre o indicador e o polegar — parecia uma carne petrificada se esfacelando. *Dafne*, *Mársias*. Deixou-o cair no chão. Uma moça que se transforma em outra coisa, pensou, que tem dentro de si alguma *outra* coisa. Uma tal capacidade de violência e de violação...

Enquanto estava de pé ali, com as costas apoiadas no rugoso tronco de pinheiro, com a luz da lua a seus pés, não pôde evitar: a idéia começou a tomar forma. A idéia do que poderia fazer com aquela moça. De algum lugar perto da base de sua espinha a visão surgiu, lentamente, congelando-lhe o sangue, arrepiando-lhe os pêlos do pescoço.

Não. Afastou-se rapidamente da árvore e saiu do bosque, saiu para o ar livre, para o som reconfortante das ondas. Forçou-se a olhar para sua pequena casa, forçou-se a libertá-la da rede de seu pensamento e a colocá-la novamente no mundo. Mordendo o interior da boca, caiu na areia, atrás da rosa rugosa.

Então percebeu alguma coisa na areia ao lado do arbusto: um rolo de papiro do tamanho de um dedo, queimado pela metade, amarrado com um cacho de cabelos vítreos chamuscados. Curioso, catou-o do chão.

Algum tempo depois, quando chegou em casa e pôs uma das mãos na escada, viu uma única pena cinza flutuando, na vertical, rumo ao céu.

Como poderia resistir àquilo?

6

Todas as noites, Xênia pegava sua faca, cortava um poema e um cacho de cabelos, espetava o dedo, inclinava sua lamparina e, enquanto o pacote mágico queimava, sussurrava a *carmina* que flutuava praia acima, por cima das pontas prateadas das árvores, além do riacho, até aquela escura palafita. Os feitiços entrariam pela janela, rodeariam a cabeça dele, penetrariam, invisíveis, em sua boca adormecida: eles a tornariam amada pelo próprio artista do amor.

Ela sabia que o atraía. Sabia que, certo dia, ele a observara de trás das árvores enquanto ela trabalhava — e, que sorte, em um exorcismo! Aqueles olhos admirativos a fitá-la enquanto executava seu trabalho, esquentando sua pele como o sol: aquilo era absolutamente novo para ela. Sentiu o olhar hipnotizador dele enquanto amarrava o menino à sua escada, enquanto trazia a água-viva e o visgo de pinheiro misturado com manjerona, enquanto escrevia uma ordem severa na tábula de metal e pendurava-a em torno do pescoço do menino. Depois a récita, para a frente e para trás, e o golpe crucial, subindo por todo o seu corpo duas vezes, sem parar para respirar. Finalmente, a explosão de enxofre e betume, para queimar a coisa monstruosa e fazê-la sair. Sucesso!

Durante todo o tempo, em seus ombros e braços, na parte de trás das canelas quando se ajoelhou, em seus lábios quando assoprou, penetrando em seus cabelos flutuantes, aqueles olhos viajavam como dedos cálidos e experientes. Suas faces queimavam, seus olhos brilhavam: ela fora acesa para a vida.

Ele a observou não só naquele dia, mas de novo, como se não pudesse evitar. Ela o via ali, o alto de sua cabeça escultural, mas fingia não ver. Quando os arbustos farfalhavam e ele ia embora, Xênia subia sua escada, sentava-se diante do espelho e se examinava, tremendo. Sim, ela o atraía. Mas não eram só os encantamentos, pensou subitamente: não só os cabelos, os poemas queimados, as palavras. Um orgulho trêmulo começou a despontar dentro dela, e fitou seus olhos, as sombras de sua garganta, suas mãos capazes, e pensou: Sou *eu* que ele vê — o que sou, o que faço. Há algo em mim de que ele precisa.

Então os passos iam e vinham entre as duas palafitas, a dos seixos e a da colina, em meio à grama. Os passos dela, menores, apressavam-se pela praia, afundando na areia fofa enquanto ia pronunciando suas palavras sussurradas, concentrada; os dele, maiores, esgueiravam-se entre os pinheiros, sobre as agulhas caídas. Ovídio olhou pela janela dela, estudou seu mapa e seu alambique, leu as palavras queimadas de seus próprios poemas chamuscados, tocou o papiro fuliginoso com a língua e imaginou a pele dela derretendo da mesma maneira. Olhava para ela furtivamente de trás das árvores e ficava maravilhado com o que via e em ver como aquilo exigia pouco esforço.

Até que finalmente chegou o dia em que os passos conspiradores encontraram os outros passos conspiradores, não fosse pelo estreito leito d'água correndo entre eles, exatamente onde o riacho encontrava o mar. Ele desembocava no final da floresta de pinheiros, e ali, onde abria um caminho na areia em direção ao mar, havia soltado a terra; vários pinheiros tinham caído e funcionavam como pontes; suas raízes agora eram cavernas emaranhadas em ambas as margens; seus galhos, longos braços sempre molhados pela água corrente.

Xênia estava agachada na beirada do riacho, com os calcanhares na margem de areia, esperando pelo instante delicioso em que ela cederia, fazendo-a escorregar para dentro dele. Às suas costas havia uma comprida seqüência de pegadas, as mais próximas cheias de água brilhando com o sol da tarde. Agachada, esqueceu-se, por ora, de sua missão. As ondas fracas se quebravam à sua esquerda, suas formas elevadas prendendo a luz. Barcos de aguapés e tufos de grama emaranhada passavam flutuando por ela, movendo-se em direção ao mar.

Finalmente, o banco de areia cedeu e ela escorregou para dentro d'água. Pondo-se de pé, com água até os joelhos, sacudiu o vestido molhado e olhou para cima. E foi então que o viu, na outra margem. Sua cabeça estreita estava inclinada, iluminada pelo céu de fim de tarde, seus braços compridos de macaco pendiam ao lado do corpo, com os dedos de uma das mãos tocando um instrumento invisível, e pegadas afastavam-se serpenteando atrás dele. Sua longa sombra batia na superfície ondulante da água, flutuando e flutuando na direção dela.

Ovídio estava sorrindo, com os olhos cinza fitando-a, os dedos ainda tocando sua música particular. Então jogou a cabeça para trás e riu, como se grasnasse, com a voz voando sobre as ondas. Jogou longe o instrumento e mergulhou no riacho em direção a ela.

7

Mais tarde, ainda com o gosto de Xênia na boca, ainda ardendo, ele ruminava. Estava deitado em sua cama, com um braço comprido dobrado atrás da cabeça, o céu violeta brilhando na janela, com uma nuvem de cor laranja flutuando para o norte. Uma brisa de começo de noite soprava vinda do mar, por cima da grama que assobiava. Levantando a mão, ele deixou o ar correr entre os dedos. Estava nu, com a pele ainda aquecida e irritada, as roupas penduradas na janela, encharcadas e cheias de areia, pingando. Ele as sacudiria como velas quando estivessem secas, veria a chuva de sal e areia cintilar no ar.

Velas. Com os olhos fechados, e a brisa sobre a mão, e o ritmo regular das ondas se quebrando, ele poderia estar no mar. Onde logo deveria estar, supunha...

Seus dedos brincaram com a pequena linha de pele arranhada que ardia em seu ombro. Não tinha certeza de quando ela fizera aquilo, nem com o quê: com as unhas, os dentes, uma concha afiada? Mas achou aquilo atraente; havia dado algumas gotas de sangue para capturar sua criatura mítica. Era excitante.

A sensação do corpo dela, aquela carne que ele tantas vezes estudara através da água, de janelas e da luz da lua: a lembrança o percorreu como uma onda enquanto estava ali deitado, e prendeu a respiração. Finalmente sentira seu corpo em meio à água corrente, através de tecidos finos, colados. Seu ventre infantil, seus quadris — quando a segurara ali, os polegares de suas duas mãos compridas haviam se encontrado, e ele sentira uma exuberância tão esguia e tanta firmeza —, era como cravar os dentes em uma fruta doce e salgada. Sua boca se enchera d'água imediatamente. Ele a deitara sobre a margem do riacho e fizera tudo ali mesmo, meio dentro, meio fora da água correndo, enquanto a areia não parava de escorrer debaixo deles, dissolvendo-se.

Apoiou as costas da mão sobre a testa pegajosa e respirou no ritmo das ondas até fazer cessar os batimentos do seu coração na garganta. Mantivera-se afastado por tempo demais, percebeu. O gosto da pele dela, de sua língua curiosa, cor de caqui! E um talento natural tão chocante — aquela fora obviamente sua primeira vez, mas tudo ela parecia *saber*! Deus — mais uma vez —, aquela sensação de estar preso, nada a fazer... O modo como suas mãos, sua língua pareceram derretê-la. Novamente um dedo tocou a linha de sangue seco em seu ombro, e excitação, carinho e desconforto se retorceram dentro dele.

Depois, ele se deitara sobre a água flutuante como um deus do rio, com jacintos enroscando-se em suas pernas, e a observara tirar os pés da areia e vestir as roupas encharcadas por cima das costas brancas esfoladas. Levantara os olhos para ela, com o sol quente em seu queixo, sorrindo languidamente, apertando os olhos.

— Acho que você é uma feiticeira — dissera. — Não é?

Ela simplesmente o olhou com um sorriso curioso e afastou-se orgulhosa pela praia.

Orgulhosa, *ela*! Com as mãos ensangüentadas de manhã, os olhos completamente transtornados. Mas também era a mesma criatura que surgira confiante naquele lago; que aparentemente tinha um olho no futuro; que, durante todo esse tempo, vinha enrolando fios sedosos em torno do corpo dele; que ali, na água, parecera estar entranhada na própria pele dele, que soubera com tanta exatidão o que fazer, e quando. Ovídio examinou o dedo que tocara seu arranhão, quase esperando vê-lo fumegar.

E ele ainda mal podia acreditar. Pois, quando olhava para ela, era tão fácil: as palavras sussurravam sozinhas em seu ouvido, as cenas flutuavam diante de seus olhos. Era tão mais fácil do que com Corina, de quem tinha que arrancar o que via tremeluzir em seus olhos e em sua boca, ou dançar nas sombras do seu corpo; de quem tivera que roubar aquilo de que precisava para os seus *Amores*. Mas essa moça fabulosa...

Depois, depois de tirar os pés da areia que os sugava e de cobrir o corpo com o vestido molhado, Xênia caminhou pela praia, com o sol baixo iluminando-lhe o braço direito, a perna direita. Sua cabeça ardia de excitação. Enquanto jogava as roupas na mesa de pedra e entrava no mar, a cena continuava a voltar-lhe à mente em explosões.

Tornou a ver os olhos dele sobre ela enquanto vinha vindo pela água. Olhos risonhos, rindo quando ele caiu de joelhos fazendo a água espirrar, rindo enquanto continuava vindo. Olhos risonhos e mãos risonhas, dedos risonhos espertos. Envolveram-na com força — e pensar naquelas mãos compridas, inteligentes, *famosas*, em seus jovens quadris intocados, ainda a espantava. As mãos que haviam escrito aqueles poemas — poemas que o mundo todo conhecia, poemas que haviam atado nós no coração dela —, aquelas mesmas mãos haviam-na segurado através do vestido molhado ondulante. E com aquelas mãos em seus quadris, com os polegares juntos se tocando, era como se algo houvesse soltado dentro dela, uma cobra dourada que se libertava. A água corria e girava ao redor, a areia fugia sob seus pés; seus cabelos flutuavam na água lodosa; a pele e a boca dele eram deliciosas para sua língua ávida; e com os dedos dele tocando-a e fazendo cócegas e provocando, ela era como mel derretendo devagar, como uma cera que ficara clara e líquida, doce.

Xênia fechou os olhos, respirou três vezes e tornou a abri-los. Pousou as mãos sobre a água que subia e descia devagar. Uma vaca ali perto, com a cauda flutuando na superfície, olhou para ela com seus suaves olhos castanhos. Xênia desenhou um círculo na água e disse à vaca:

— Ovídio. — Uma gaivota passou voando.

— Publius Ovidius Naso — disse ela. Só pronunciar aquele nome dava-lhe a sensação de possuir o homem, o próprio mundo que ele representava.

Sacudiu a cabeça. Juntando uma braçada de algas marinhas, carregou-a até a praia, depositou-a sobre seu secador e, enquanto ela pingava sobre os seixos, estourou algumas bolinhas, sentindo seu cheiro salgado. *Phycos thalassion*... Quando estivessem secas, ela as moeria com sua pedra em forma de ovo, sentindo o agradável barulho da planta sendo esmagada e esfacelada, até ficar mais fina do que areia, cor de sangue. Um pó maravilhoso, um pigmento durável, espalhado sobre ferimentos e sobre paredes e papiros romanos, criando pureza e arte.

Ovídio. Fechou os olhos. Embora tivesse tocado seu peito úmido e sentido a solidez dos ossos de seu quadril, embora tivesse provado o gosto de azeitona de sua língua e o suor salgado de seus pulsos, vira que ele era espetacular — uma libélula, um deus. Ela *vira* isso: como ele seria levantado por multidões, como o ouro cairia sobre ele em cascatas. Ovídio voltaria a Roma triunfante, mais triunfante do que jamais fora. Sentiu um arrepio correr de sua garganta aos seus joelhos. Pois, e se ela estivesse lá, ao lado dele? Ser *amada* pelo artista do amor...

Ser seu modelo, sua musa.

A idéia mal teve tempo de se materializar antes de se apoderar dela. Sim; ele e ela formavam um par perfeito — mágico, transformador. O poeta e a heroína. Sua *carmina*, toda a sua inteligência ficariam famosas graças à dele.

8

Depois disso, Xênia adentrou o labirinto dos ouvidos de Ovídio. Sob as pontas dos dedos dele, e de seus olhos, ela parecia preenchida por um deus, com a língua subitamente viva. Contou-lhe os segredos dos metais planetários, as melhores técnicas para enviar sonhos, o que ela via flutuando ao redor de quem, como ela nunca afogava gatos, que era o hábito para realizar desejos, pois desenvolvera técnicas mais sutis; fez alusões à cor, à luz e à quintessência. Uma ou duas vezes levantou os olhos, surpresa, quando ele mal parecia acreditar nela.

— É claro que é verdade — dizia ela. — Eu vi.

Ele apenas piscava com aqueles olhos cinzentos antes de continuar sua escrita invisível sobre o corpo dela.

Xênia lhe contou como folhas de samambaia macho podem tornar alguém invisível, como soprara o demônio para fora daquele menino e queimara-o com segurança. Revelou segredos da respiração e explicou como era preciso ter cuidado; mostrou-lhe até sua bolsa de couro de peixe cor-de-rosa, mas isso ele pareceu ter entendido.

— Para que ninguém use o que está dentro — disse ele, e ela concordou.

E então continuou. Sua cantilena se aninhava nos ouvidos dele, muitos de seus feitiços secretos, a própria regra alquímica — controlar todas as coisas sutis e penetrar todas as coisas sólidas... Durante todo o tempo, os dedos dele corriam sobre a pele dela, imobilizando-se algumas vezes enquanto ele lhe fitava os olhos, amarelo e cinza, passeando por seus cabelos.

— Nosso trabalho é parecido — disse ele, certa vez.

— *Carmina* — sussurrou ela.

Ovídio inalou a palavra como fumaça.

Carmina, poemas de amor, magia. Ela o observou e o fez falar sobre Roma e Augusto, e sobre como ficara de pé na margem do Tibre, queimando seus poemas um por um.

— Ele achou que eu estava fazendo pouco de suas leis — disse Ovídio.

Ela pensou em leis — leis da natureza, leis dos homens, leis do severo Augusto — e perguntou-se se o medo impediria Ovídio de levá-la consigo.

— Pequenas leis — murmurou ela depois de alguns instantes, e então foi ele quem observou.

As palavras dele também entravam pelos ouvidos dela, enquanto ele recitava trechos de suas *Metamorfoses*, com os olhos semicerrados, em voz baixa. *Escreverei sobre corpos transfigurados...* Ela entrou em um mundo de pedras que ficavam macias como pele, plumas que brotavam das pontas dos dedos, cabelos que endureciam e viravam sarças e galhos, carne que tornava a endurecer até virar pedra sem vida, moças lançadas ao céu como estrelas. Moças que corriam, frenéticas, deixando suas pernas se dissolverem em água antes de serem capturadas; um rapaz que foi deixado suspenso no ar, com as penas caídas, os braços finos abraçando o nada; um jovem que se derreteu de amor por sua própria beleza intocável.

Tudo era exatamente como ela vira ao observar Ovídio de trás da pedra: todas aquelas pequenas imagens esvoaçando ao redor dele. Levantou os olhos enquanto sua voz prosseguia, enquanto lá fora as nuvens do final da tarde pairavam com cantos dourados em chamas. Xênia levantou uma das mãos e virou-a com a palma para cima, esperando ver brotar dali penas azuis, esperando que se transformasse em um broto cor-de-rosa, em uma folha.

— Você gosta — disse ele depois de algum tempo. — Gosta do meu queridinho promíscuo.

Ela sorriu na luz rarefeita e ele se virou para ela, com os olhos tão cinzentos quanto o céu atrás dele.

— Mas o próximo — sussurrou ele — será... singular.

Ela sentiu o coração estancar.

Duas vezes acordou e encontrou-o sentado à luz do luar com os olhos fixos nela. Ele a fitava por um instante antes de voltar a si e corria um dedo de seu pescoço até seu quadril.

Depois de duas semanas, ela percebeu que se esquecera do pedaço de seda verde que amarrava na boca, mas agora aquilo parecia desnecessário.

Certa noite, quando estavam deitados na cama e soprava uma brisa marinha fresca, Ovídio abriu os olhos e farejou; perto da janela, algo fez barulho. Ele se levantou, distraído, olhou para o mar que escurecia lá fora e sentou-se à sua mesa. Seus ombros se equilibraram em determinado ângulo, com a cabeça escura concentrada entre eles.

Da cama, Xênia deixou os olhos se moverem lentos em torno dele. Por cima do ruído das idas e vindas das ondas e do vento sobre a grama, ouviu-o escrever. Seu estilo sussurrava;

arranhava; tornava-se mais rápido, mais determinado. Um véu caiu sobre ele enquanto trabalhava, opaco, com um aroma algo parecido com incenso. Ela se concentrou em suas costas curvadas, em sua cabeça, naquela mão comprida escrevendo com rapidez, nos músculos tensos dos nós dos dedos. Ele não dizia o que escrevia e ela nunca perguntava: sagrado. Mas, enquanto ele trabalhava, ela escutava, para ver se podia *ouvir* as palavras enquanto elas passavam da mente dele para a cera. As ondas continuavam a bater; a mão dele continuava a se mover sobre a tábula negra. E, enquanto ela o fitava e escutava, viu subitamente que o que ele escrevia agora seria sua obra mais poderosa, melhor até do que suas *Metamorfoses*.

Imediatamente se fez um silêncio, como se a epifania dela houvesse perturbado a concentração dele, como uma brisa dobrando uma chama. Olhou para ele, mas naquele momento sabia que ele não a via — ou que a via não como se vê uma pessoa, mas como um artista disseca um tema. Ele não falou, nem ela, não durante aquele longo tempo. Ela ficou imóvel e imaginou ser uma lanterna mágica, com seus segredos tomando vida pelas mãos dele.

Lá fora, a brisa ficou mais rápida, uma brisa de outono, soprando para o oeste.

Naquela noite ela se sentou à sua mesa, fitando a chama e as formas das sombras que ela lançava, e pensou: ele deve dizer que está indo embora e que quer que eu vá também.

Depois que ela se fora, Ovídio continuou sentado, olhando para a escuridão do lado de fora. Aquela criatura gélida, derretendo, extraindo seu sangue, aquela moça de olhos maravilhosos... Sim, pensou ele. A maneira como se vira para mim... Ela quer ser saqueada, transcrita.

A grama lá fora assobiava, sacudida pelo vento, correndo em direção ao mar. Uma rajada de repente o alertou. Precisava ir antes de o tempo mudar, pensou. Por todos aqueles mares: precisava voltar para Roma. Para sua casa, sua vida, seu futuro — para ver como aquele livro brilhante fora recebido. Levantou os olhos, impaciente, com o corpo de repente comichando para estar lá aonde sua mente havia ido. Que tédio aquela bagagem, braços e pernas e barrigas, e assim por diante.

Esfregou as mãos, estalando os dedos acima da chama. O que precisava fazer era ir até Dioscurias, descobrir quando haveria um barco e finalmente chegar a Roma, triunfante.

Fechando os olhos, Ovídio deixou-se despencar das nuvens do sucesso que imaginava para si. Ali estava ele, adentrando Roma através de um arco triunfal, com todas as mulheres enfeitadas com conchas e usando vestidos cor de açafrão e lilás, gritando, acenando, atirando flores para cima. Ele podia ver os pequenos botões caindo lentamente sob o sol brilhante, os compridos braços nus das mulheres, seus olhos pintados de preto, suas bocas risonhas, vermelhas. Podia ver seus amigos, com lágrimas nos olhos diante da pungência de suas palavras! Podia ver seus rivais, com sorrisos frios, retorcidos.

Mas não só *eles*, corrigiu-se, mudando de foco: muito mais importante, um *patrono*. Um maravilhoso patrono novo! Toda uma falange de patronos brigando por ele! Moedas voando! Não apenas botões no ar, mas chuvas de ouro! E acima de tudo: Augusto, finalmente satisfeito.

Depois de alguns instantes, Ovídio abriu os olhos e forçou-se a ver as superfícies reais, a escrivaninha, sua bolsa, seu estilo. Forçou-se a ouvir o ritmo constante e tranqüilizador do mar, a lembrar-se de seu peso e do volume de suas águas.

E aquela criatura gélida, derretendo, extraindo seu sangue? É claro que a levaria consigo. Ela agora era crucial para ele.

Mais uma vez Corina apareceu, seu belo rosto diante de seus olhos, seu corpo nu quando ela se levantara zangada da cama. *Você é um corvo! Observa, espera, e depois voa para cima de mim para agarrar o que quer usar.* Pensara nas palavras dela enquanto estava deitado fitando-a, e por um instante sentira o nariz se transformar em um bico duro, a pele se transformar em lustrosas penas pretas. Mas ela ainda o estava olhando, de pé, com o peso apoiado em um dos quadris, o corpo zebrado pela luz das persianas. *Você realmente gosta disso?*, perguntara ela. Ele sorrira, e ela o fitara, dera uma risada quebradiça como folha de ouro, e virara as costas.

Mas você sabe que eu a amo, dissera ele então, com a voz implorando em seus próprios ouvidos, fazendo-o — o que mais poderia fazer? — soltar uma risada, alta e rosnada.

Ela o fitara com aqueles olhos salpicados como travertino. *Você não conhece a diferença entre amor e arte. Entre amar e roubar.*

Ele fitara seu rosto adorado. E mais uma vez — o que mais poderia fazer? — rira. Fora embora. Mais tarde boiara nas termas quentes e pensara que conhecia a diferença sim, mas que ela ficava se afastando de sua visão.

Aquilo fora o começo do fim. Ele não podia mais se controlar; mesmo aquele dia ele roubara para os seus *Amores*, transformando-o na famosa cena do quarto com a luz filtrada pelas persianas.

Não sei, gritara ela perto do fim, *se você está me criando ou me estuprando! Pare! Pare de olhar!*

E em seguida: *Você é o oposto de Pigmalião. Poliu-me até a morte.*

Ah, mas mesmo aquilo: mesmo depois de ela tê-lo finalmente abandonado, depois de ele ter escutado a própria voz rouca naquela noite na rua, depois de ele ter saído atacando tudo e escrito seu *A Arte de Amar* — mesmo depois daqueles anos negros, do livro malicioso e de todas as mulheres, roubara novamente de Corina. O *oposto de Pigmalião*. Das palavras dela nasceram suas *Metamorfoses*.

Ainda assim, pensava ele agora, repousando o queixo nos dedos unidos enquanto ouvia o vento assobiar, ainda assim você fará isso de novo.

Aquilo o deixava com raiva, aquele nó que sentia, e separou as mãos bruscamente, levantando-se. Sim, pensou enquanto andava de um lado para o outro: farei. Eu *quero* essa Xênia. E agora é diferente, porque ela concorda. Pode-se ver isso em cada movimento seu, naqueles olhos inflamados! Ela se entrega totalmente.

Mas será que sabia a quê?

Abriu a porta, colocando o nariz para fora no vento que soprava em direção a Roma, e de repente pensou em seus primeiros dias lá, quando, ainda menino, viera do campo para estudar Direito, decidido a agradar seu pai e a seguir o honrado caminho romano.

Coisa que poderia ter feito. Se houvesse se dedicado a isso com um entusiasmo ardente, ávido para aprender e ver tudo. Mas depois de apenas um ano fizera uma descoberta. Estivera andando de um lado para o outro, sério, diante de seus mestres, juntando as peças de sua argumentação, quando algo se acendera dentro dele. Fora assim, um lampejo, um fogo súbito, e de repente parecera que sua língua podia fazer qualquer coisa: fazer os argumentos rodopiarem como um pião, condenar um homem e depois inocentá-lo, derrubar a própria lógica. Podia construir um caso, tecer uma sólida rede de raciocínio e, depois, rindo, sacudi-la e destruí-la. Uma língua verde, uma língua de demônio; seus olhos queimavam acima dela, fascinados.

E embora sentisse o horror nos olhos de seus mestres fora incapaz de parar.

Abandonara o Direito, mas não aquela terrível habilidade. Como um fio de prata, ela percorrera tudo que ele fizera desde então — seu malicioso *A Arte de Amar*, mostrando como conquistar e depois abandonar; sua astuta defesa do poema também; e de forma brilhante, escura, as *Metamorfoses*: quando Mirra argumentava que não cometia um crime maior dormindo com seu pai do que uma potranca acasalando-se com o garanhão que a gerara — *A natureza humana fez leis perniciosas, leis que vão contra a natureza!* — ou quando Bíblis justificava sua luxúria pelo irmão citando precedentes incestuosos entre os deuses... Figuras apaixonadas, de lógica implacável: as palavras de Ovídio em sua boca viravam o mundo do avesso.

Então mesmo agora ele estava usando essa habilidade?

Cerrou os olhos e deixou a mente voar por cima dos mares, segurando a mão de Xênia na sua, e colocou-a em sua casa no pé do monte Palatino, nos aposentos bem em frente ao jardim. Podia ver como a luz do sol entraria pelas janelas; podia vê-la andando pela casa, fabulando. Em seguida voou com ela pelas ruas de Roma. E as coisas de que ela precisava, e os pacientes? Passou o peso de uma perna para a outra, desconfortável. Pharmakal, mágico, alquímico... Perguntava-se o que era, tecnicamente, *feitiçaria*. Mas era como o adultério, o aborto — quem jamais saberia. Ou quem se importaria. Absurdo! Fez um gesto brusco com o braço em direção à noite escura e ventosa. *Pequenas leis*.

Ovídio fechou a porta e olhou para seu pequeno quarto, de repente tão estrangeiro. Vestiu um manto e começou a fazer as malas.

Corina quisera apenas viver. Mas essa Xênia, pensou ele, ela quer *permanecer*.

9

No dia seguinte ele foi e ficou de pé na frente dela, consciente de sua altura e da sombra que fazia, e disse:

— Quero que venha comigo. — Soprou seus cabelos e viu-os se levantar, elétricos, em volta dela. Inclinou-se tão perto que teve a sensação de estar respirando-a com suas narinas sensíveis, avaras.

— Você vem comigo — sussurrou. Trazia a bolsa pendurada no pescoço, cheia com todas as suas tábulas; estava partindo a cavalo para encontrar um fretador.

— Para Roma — disse ela, na areia varrida pelo vento. Observou-o passar uma perna comprida pelo lombo do cavalo e se endireitar na sela.

— Você sabia que eu era da classe eqüestre? O próprio Augusto me deu um cavalo. — Ele riu. — Sim, é claro, para Roma.

— Onde farei meu trabalho — disse ela.

— É claro — respondeu ele, alegre demais.

— E a lei?

Ele sorriu, sentindo os dentes muito brancos.

— A lei não detém os adúlteros. Só não se pode fazer sexo nas ruas. O que torna a demanda ainda maior.

Então ela o olhou durante um longo tempo.

— Preciso de você — disse ele, de repente. A cabeça dela estava inclinada, seus cabelos mexidos pela brisa, aqueles olhos estranhos mostrando como ela ardia por ser conhecida. Falando mais baixo, ele acrescentou:

— Acho que também precisa de mim.

Então ela sorriu, seu curioso sorriso. E houve entre os dois um olhar silencioso, uma troca sem palavras, fugidia como o mercúrio, uma solda.

Em seguida ele partiu, com a bolsa balançando ao seu lado, os cascos dos cavalos levantando areia, a capa azul-celeste esvoaçando. Voltaria em alguns dias, dissera ele, e ela deveria estar pronta para partir. Pois nunca se podia saber quando um navio estaria singrando contra as correntes do Mar Negro para, carregado de esturjão, caviar, tecidos e madeira, escorregar de volta para o mundo.

Depois que ele se foi, depois que ela observou a figura fabulosa galopar para longe, Xênia ficou ali de pé, flutuando.

Correu para casa, entrou e saiu correndo da casa, sacudindo panos, embrulhando pequenas caixas de alabastro, enfiando tecidos e folhas secas em volta de seu *athanor* e de seu alambique, juntando facas e pacotes de pós, colocando-os em seu baú de madeira pintada, enrolando cuidadosamente seu quadro. Sua casa de pinho negro: parecia tão pequena, já esquecida debaixo de seus pés que nadavam no ar. Pois ela estava sendo carregada para longe — entre chuvas de ouro e sedas púrpura e mãos levantadas e gritos —, flutuando suspensa acima de uma turba, como Cleópatra triunfante com Antônio.

Para Roma, para o mundo, para a vida. Com ele.

Naquela tarde ela dormiu — um sono profundo, de tarde quente — depois de fazer as malas, com sua pequena casa desmembrada e oca, mesmo sua sereia de bronze cuidadosamente retirada da porta. Enquanto dormia, Xênia parecia à deriva nas ondas que subiam e quebravam do lado de fora de sua janela. Sua pele estava úmida, o suor se acumulava nas raízes de seus cabelos, e mais uma vez ela foi tragada pelo sonho. O céu estava escuro, revolto; a água fria se levantava debaixo dela, formando poças ao redor de seus pequenos membros dentro da cesta. Diante dela, na escuridão, estava aquele rosto, o rosto que só via naquele sonho. Branco, fantasmagórico, de olhos tão torturados, aquela boca sangrenta que quase sorria, a mão pálida e trêmula perto de sua bochecha. A água subiu, e Xênia subiu com ela; sentiu a trama molhada da cesta sob os dedos contraídos e aquele toque suave em seu rosto. Mas então — o empurrão chocante, o violento movimento das águas, e ela foi puxada, gritando e implorando e sozinha, para dentro do mar escuro.

Ovídio voltou alguns dias mais tarde, em velocidade vertiginosa, os olhos esgazeados como os do cavalo espumando. Tivera uma sorte extraordinária: um navio mercante estava seguindo para Roma; precisavam partir na manhã seguinte.

Fizera frio naquela madrugada, cheia de outono e de bruma fria e penetrante. A mão de Ovídio estava úmida em volta da de Xênia quando eles subiram no barco a remo que os levaria junto com a bagagem até além dos seixos. O mar mostrava-se opaco, de um cinza morto; tampouco o céu tinha luz, e nada revelava.

Xênia olhou para trás, por cima das ondas de ferro, para o chão de seixos, para sua pequena casa, para as camadas brumosas das colinas verdes molhadas. Duas meninas estavam na margem, fitando-os. Xênia levantou a mão, mas elas não se moveram; então tornou a abaixá-la. Tocou a cesta em seu colo e olhou para ele, que percebeu seu olhar e deu um riso discreto, um som tênue ao vento, seu rosto esverdeado com os movimentos bruscos do barco.

PARTE DOIS

1

Na proa do navio elevava-se a cabeça de um cisne, com um olho esquivo debruado de preto; uma trilha em ziguezague corria pelo convés; e na popa havia a cabeça esculpida de uma mulher com cabelos esvoaçantes azuis, quase pretos. A mulher que se apaixonara por um deus disfarçado de cisne, pensou Xênia, aquela cujo corpo fora envolvido por suas asas brancas, cujas pernas nuas haviam sentido as cócegas de seus pés pretos espalmados.

Os passageiros dormiam em pequenas tendas de linho, as poucas mulheres em uma zona do convés, os homens em outra, com um velho pedaço de vela esticado a separá-los. As pessoas entravam e saíam nos vários portos enquanto o navio percorria a costa inferior do Mar Negro, com caixotes de mercadorias sendo carregados e descarregados a cada parada. As mulheres passavam o dia sentadas em banquinhos, olhando para o mar, conversando, narrando o que viam passar. Ali era possível ver o lugar onde a pele de Mársias fora pendurada depois que Apolo a arrancara dos músculos vermelhos ainda palpitantes; podia-se encontrar a pulseira de Helena; podiam-se ver os ossos de um gigante; a mandíbula de uma baleia. Do outro lado do convés vinham os sons dos homens jogando dados, seus gritos de *Vênus!* ou *Cães!* para jogadas altas ou baixas sendo levados pelo vento até as mulheres. Xênia viu Ovídio entre os homens, alto, com a cabeça bronzeada e jogada para trás naquele instante, rindo.

Noite no Mar Negro. As cordas e velas batiam, a madeira rangia, a água balançava. Apoiada na balaustrada, ela viu certa vez, como via aquelas coisas, um menino se afogando. Sua longa perna esverdeada apunhalando a água, sua túnica inchando lentamente à sua volta, um dos braços estendido para cima. Os cabelos esvoaçavam e balançavam como algas, e da bolsa amarrada em sua cintura caíam moedas, virando-se e cintilando enquanto ele afundava. Seriam engolidas pelas águas mais profundas, onde não havia oxigênio e onde os metais e panos se dissolviam, mas a carne ficava inteira. Muito acima dele, as ondas recuaram, e finalmente, na escuridão, seu corpo bateu no fundo do mar. Nunca seria consumido. Pelo contrário, ficaria rolando suavemente, pálido e nu, para sempre sozinho no solo estéril do mar. Um braço estendido, cabelos sem cor balançando, unhas frias deixando rastros vacilantes na areia.

Noite no mar, noite após noite. As estrelas cintilavam, silenciosas e frias, escurecidas de tanto em tanto por velas invisíveis. No pedaço de pano entre homens e mulheres moviam-se sombras, aumentando e diminuindo, sobrepondo-se umas às outras, cada vez mais distintas e próximas até que a divisória se mexia com o toque escuro da mão de alguém.

Em muitas manhãs, antes do amanhecer, Xênia rastejava para fora e agarrava a balaustrada, inclinava-se e vomitava. Deixava a cabeça pender, com os cabelos batendo em sua boca suja, até os restos se perderem nas ondas. À sua volta havia uma luz cinza oleosa, um cheiro de sal e ferro. Ela pegava um pouco de água da jarra, molhava o rosto e percebia mais uma vez que nunca havia nenhum sangue em suas mãos.

Não houvera sangue nenhum. Durante as semanas que haviam passado no navio e durante muitas semanas antes disso não houvera sangue em suas mãos, nenhum sangue pegajoso entre suas pernas. Levantou os olhos para o cisne esculpido. Ovídio dormia em algum lugar do outro lado da divisória, onde até os homens casados dormiam. *Casados*: uma palavra que nada significava para ela, uma palavra tão sem vida quanto *lei*. Quando aquela mulher de cabelos azuis deixara-se envolver pelas imensas asas do cisne, quando sentira seu pescoço branco de macia penugem deslizar suavemente entre seus seios e por cima de seu ventre excitável, nunca pensara em casamento. Crianças nascidas de ovos de ouro: o que tinham a ver com o casamento comum, sublunar?

Era tão raro que viesse à Terra aquela divindade. Uma chuva de ouro entrava pela janela de um quarto alto, surpreendendo uma moça de coxas roliças; a lua lançava sua luz sobre um rapaz adormecido na floresta e o erguia em seus braços brilhantes; uma pomba voava através de uma janela em um raio de luz, mergulhando em direção ao seio de alguma moça; e lá estava o cisne, e o touro branco, e a brisa enviada por Amor... Podia senti-la agora, aquela brisa, fazendo cócegas em seus calcanhares, subindo por seus tornozelos e pela fina penugem de suas coxas, levantando seu vestido, envolvendo-a, carregando-a para longe. Para Roma, para o mundo, para a vida. Com ele.

Ovídio fitava a suave noite azul, sentindo o cheiro do mar, ouvindo as cordas rangerem e a madeira estalar. Pensou no compartimento de carga, cheio de ovas de peixe embaladas bem apertado em sal e enterradas na areia fria e molhada que era o lastro do navio. Estranho pensar no casco do navio, tão lá no fundo do mar inóspito, mas carregado com a areia do próprio mar, enquanto esse navio carregava o próprio Ovídio, todos aqueles bilhões de minúsculos ovos e aquela moça maravilhosa de sua terra imaginária para a Roma real. Através da vela rasgada, Ovídio observava a tenda dela. Suas mãos afastariam o linho e a precederiam, como em um transe, para fora, no convés? A tenda era como uma crisálida, pensou ele, com algo envolto em seda e folhas do lado de dentro, dormindo, apenas começando a se transformar no que estivera escondido em seu interior o tempo todo.

A tenda de Xênia se moveu, e ele se inclinou para a frente. Vira-a levantar cambaleando ao amanhecer e correr para a balaustrada, inclinar-se, tentar abafar o som de seu vômito, limpar a boca com as costas da mão. Ver aquilo duas vezes fora suficiente; aquilo não era um enjôo comum causado pela viagem. Uma transformação crucial.

Por um instante deixou surgir diante de si a idéia do que planejava fazer com aquela moça extraordinária.

A tragédia era uma forma superior. Ela o chamara repetidas vezes, mas ele ainda não ousara abordá-la.

Não planejara encontrá-la, ela e suas artes, naquele lugar dentre todos os lugares; não planejara encontrá-la, nem tê-la, nem trazê-la daquele jeito.

Mas como poderia resistir a tal presente?

Ao amanhecer, tornou a olhar através da vela rasgada, mantendo-a afastada com os dedos. Ali estava ela, apoiada na balaustrada. Sua cabeça pendia, os cabelos batiam-lhe no rosto, suas mãos estavam apoiadas no parapeito. Então ela levantou a cabeça e a inclinou, e ele soube que ela estava vendo algo que ninguém mais podia ver.

Na semana anterior, enquanto atravessavam o Bósforo, Xênia sorrira e dissera, em voz muito baixa, algo que o espantara:

que seu próximo trabalho seria o mais poderoso, melhor até do que as *Metamorfoses*, que por si sós podiam ser consideradas... Mas não continuara, apenas sorrira. Embora ele a houvesse encarado, não ousara perguntar mais. Depois de lançar-lhe seus presentes, ela se virara, com os olhos ardendo de orgulho.

Imagine se ela realmente pudesse ver tal coisa!

Ele não podia acreditar. Absurdo.

Espiava-a agora, acariciando as pontas rasgadas do linho com os dedos como se fossem sua pele e, afastando-as, pudesse ver dentro dela, ver se o que ela dissera era verdade — e mais: ver o que seria feito dele. Não *dele próprio*: não se importava com isso. Como morreria, e quando: não importava. Não, era com o *depois* que se importava. Depois de todos aqueles anos — os milhares de anos e os milhões de pessoas ainda por vir, que andariam sem pensar sobre a terra densa que se acumularia sobre seus ossos. A idéia de que pudesse simplesmente se perder debaixo de tudo aquilo, esquecido — isso ele não podia suportar.

Naquele momento, no monte Palatino, Júlia acocorava-se no chão de um quarto iluminado apenas por uma pequena lamparina. Os pisos de seus aposentos sempre eram elaborados, e aquele tinha um mosaico imitando o fundo do mar, com corais cor-de-rosa, gramas marinhas que quase balançavam e peixes amarelos em disparada.

Júlia estava acocorada, com um véu de suor cobrindo-lhe o rosto tenso, contraído, os cabelos escuros algo caídos do penteado; uma longa agulha dourada fora retirada dos caracóis e tranças. Ela a segurava na mão e a passava lenta, quase amorosamente, pela chama da lamparina. Abruptamente, apagou a chama com um sopro.

De olhos fechados no escuro, seus pensamentos se emaranharam uns nos outros, pulsando e inflamando-se com a súbita estocada firme. Sua mãe: pensou com força em sua mãe, andando de um lado para o outro em uma ilha na costa de Neapolis. De repente, Júlia podia sentir seu cheiro, o cheiro dos famosos adultérios de sua mãe, sexo misturado com sangue e sua própria transpiração causada pela dor. O cheiro do sexo: aquilo a enjoava. Seu corpo produziu um espasmo com uma nova estocada, mas ela continuou, apertando os dedos em volta da agulha. Precisava segurá-la com firmeza, inseri-la com precisão, para cima e bem para o fundo. Gotas de sangue vermelho escorreram pela agulha dourada e caíram sobre os pequenos cacos do mosaico debaixo de suas coxas suadas, sobre o adorável mar agitado com suas anêmonas e ouriços.

Continue. Com uma das mãos ela se mantinha aberta, os dedos pressionando a pequena selva de pêlos encharcados de suor; com a outra, forçava a agulha para dentro. *Ah, deus, Mãe! Veja o que tenho que fazer, veja o que deixou para eu fazer.*

Mas sabia que aquilo não era justo. Sua mãe fizera o seu melhor.

Ela não faria.

Ah, pensou, os deuses também faziam aquele tipo de coisa, não faziam?, os deuses de quem seu avô insistia que sua própria carne havia surgido. Urano enfiara todos os filhos recém-nascidos de volta no útero dolorido de sua mãe como quem recheia uma ave, enfiara-os lá por cobiça e medo —, pois um deles estava destinado a suplantá-lo. E um deles realmente o fizera: espremido dentro do útero da mãe, na visita seguinte do pai arrancara o pênis monstruoso. Com a mãe assim aberta, eis que surgiram os filhos, e saíram nadando, com o castrador na frente. Finalmente solto no mundo brilhante, ele sacudira o órgão arrancado do pai acima da cabeça várias vezes, triunfante, com o pedaço já cinza e encolhido, a pele solta e pegajosa ainda trêmula por causa da súbita decepção. Ele o atirara no mar. Ao voarem pelos ares, gotas de sêmen inútil pingaram de uma ponta pulsante, e gotas de sangue quente da outra. O sêmen caíra na água e nascera de novo como paixão — mas o sangue caíra na praia, e ali fervera e surgira em forma de Fúrias, a eterna raiva entre pais e filhos que negam a vida uns aos outros.

Depois de algum tempo Júlia ficou tonta, fraca; seus pés descalços e frios escorregaram no chão ensangüentado. Mas certamente ela devia ter conseguido; devia ter furado o odiado bebê. Sentou-se, deixando o corpo cair sobre o chão molhado, sem ligar para o vestido no sangue. Inclinando-se para um dos lados, vomitou, depois deixou a cabeça pender, com as mãos molhadas e pegajosas, um cheiro ruim a toda sua volta.

Então ouviu uma batida na porta de seu quarto e uma faixa de luz tremeluzente. Um grito baixo, uma profusão de panos limpos e mãos reconfortantes envolveram todo o seu corpo. Júlia tinha excelentes escravas. Elas limpariam tudo e queimariam o vestido, como haviam feito antes. Fariam entrar em segredo o médico bem-pago. Seu corpo seria curado, e todas as provas seriam removidas, elas e o pequeno parasita maldito, seus nacos de carne jogados fora. Elas sabiam jamais abrir a boca, jamais dizer qualquer palavra a alguém, em lugar algum; Júlia precisava parecer sempre obediente. Mas depois faria de novo. O sangue, a dor, o risco: aquilo não era nada. Ela sorriria apesar de qualquer dor, contanto que a infligisse a Augusto também — e sorriria com deleite ainda maior, pois ele não fazia idéia do quanto ela o odiava.

2

Era uma madrugada de outono quando o navio finalmente deslizou em direção a Óstia, uma manhã enfumaçada, com o ar pairando vaporoso sobre a água parada. Ovídio, com a aparência selvagem da barba malfeita e das longas unhas parecendo conchas, estava de pé apoiado na balaustrada e olhava em direção à terra enevoada. Fazia mais de um mês que haviam deixado o Mar Negro; haviam navegado com facilidade pelo Egeu (passando por ilhas onde voavam harpias), pelo Mar Iônio, atravessado o Estreito de Messina (o antro da *dentata* de Sila), seguido pela costa até Neapolis (onde as sereias devoravam os homens), e finalmente chegado onde a água ficava mais enevoada, onde o Tibre e todo o esgoto de Roma desembocavam no mar.

Ovídio examinou as unhas sujas, muito estranhas. Estar em Roma, pensou; estar de volta ao mundo polido. Saber — sentiu-se imediatamente enjoado — como suas *Metamorfoses* estavam sendo recebidas. Pois a essa altura já teriam sido publicadas, teriam sido reveladas naquela mesma semana. Podia acreditar nas alusões atormentadoras dela? Mas que maravilha se ela *soubesse*... Com aquele pensamento, o vento acelerou, fazendo as velas inflarem e baterem, as cordas rangerem na madeira, a água bater nos flancos do navio. Ele apertou os lábios e forçou para longe quaisquer pensamentos que pudessem fazer o navio naufragar ou fazer naufragar suas esperanças tão dolorosamente intensas.

A terra diante deles estava agora banhada pela luz, o azul surgia mais acima, e era possível ouvir os sons da margem trazidos pela brisa. Todos os olhos dos passageiros se levantaram para olhar uma gaivota que planava sobre uma corrente de ar. Com os olhos apertados e suspensos também, Ovídio pensou em seu Dédalo e imaginou aquelas penas cinza e amarelas caindo do pequeno corpo, deixando-o esfolado e nu no céu. Pensamento incauto! Ansiosamente, olhou para a terra e calculou a distância no navio até a margem e a possibilidade de nadar. Naquele instante, o pássaro mergulhou para a direita — esplêndido auspício! —, deixando apenas um anel de espuma.

Então vieram os cheiros, mornos e fecundos. Um cardume de águas-vivas de olhos vermelhos passou boiando, desaparecendo sob a proa ou afastando-se com asas transparentes; olhando para elas, viu de novo sua Medusa. Viu seu Glauco nas ondas, e sua aquática Aretusa, e sua bela Galatéia — todas as suas criações ambíguas, deslizando e olhando para ele com olhos cheios de expectativa, inquisitivos; cerrou os dentes e reprimiu sua ambição. O porto agora estava se aproximando, com as formas dos navios e prédios, e no convés superior o último cordeiro baliu, sentindo o cheiro da terra e do ar doce, só para ter a garganta cortada com rapidez, o sangue recolhido em uma bacia, em gratidão pela chegada.

Então a rampa de desembarque balançava sobre a água, houve o aperto e o barulho, os seios e barrigas e bolsas espremidos. Ovídio abriu caminho, com a cabeça acima de todas as outras cabeças emaranhadas ou cacheadas, claras ou negras, trançadas ou raspadas para revelar um crânio brilhante. Seu olfato se apurou e ele sentiu uma excitação que beirava a náusea, com um dos braços estendido para cima como um general, enquanto abria caminho para os garotos que lutavam com arcas e malas. Inspirou o ar enfumaçado, sentindo-se erguido acima daquele mar de gente. Dedos apontavam, bocas sussurravam, olhos se fixavam nele — e toda a multidão de repente pareceu uma platéia, testemunhando sua volta triunfante. Ele podia sentir; podia sentir o cheiro: sucesso!

Tinha certeza! Acenou, com uma das mãos compridas levantada no ar, como se fosse sair voando. E naquele instante, com lágrimas ardendo nos olhos, quase pôde *ver*, como se fosse Xênia e o mundo houvesse afastado seus véus e lhe dado um vislumbre do futuro —, quase pôde ver aquele mesmo lugar séculos depois, nada a não ser um campo sem graça varrido pelo vento: e, no entanto, emergindo dele como se emergisse da água, estava ele, Ovídio, com sua cabeça e sua longa mão inteligente resistindo.

— *Absurdus* — murmurou em meio à algazarra. Você está pensando naquelas estátuas enterradas ao redor de Atenas; o mundo não afasta seus véus para *você*. Você vai estar enterrado tão profundamente quanto o restante deles.

Imediatamente se sentiu oco. Sua mão caiu de volta para dentro da multidão; sua cabeça também pareceu afundar debaixo de todos os cachos e tranças e montes de cabelos, de todo o suor e óleo de cheiro pungente. Entrou em pânico e virou-se abruptamente à procura de Xênia — seu talismã, seu segredo, aquela moça que levava as dobras de seu futuro aninhadas dentro de si como asas novas e úmidas. Ele deveria estar segurando sua mão, deveria tê-la carregado por cima daquela turba grosseira! Quando a encontrou, flutuando lentamente com a multidão, seus olhos estavam fixos nele, olhos perturbadores, os lábios abertos naquele sorriso enigmático, e ele se sentiu mais uma vez atingido por aquele olhar com um espasmo que correu de sua garganta a seus joelhos.

Em seguida estavam chacoalhando em uma carroça alugada, subindo a longa rua principal de Óstia, sobre o calçamento escorregadio de sangue, óleo, entranhas de peixe, restos de vegetais, passando por fileiras de galinhas e cabeças de porco penduradas e vários macacos atentos, montanhas de repolho, cebolas, alho, pão; e todos os rostos gritando, sem dente — Ovídio sorveu aquilo, aquela vida desregrada. Percebeu como as pessoas encaravam Xênia ao seu lado e se virou para ela, apertando sua mão ou sua perna; ou então seu dedo comprido estendia-se diante deles, como para apontar ou puxá-los para a frente com avidez.

Logo haviam deixado Óstia e percorriam as colinas marrons ressecadas, com seus ciprestes e ciadopites; ao cair da noite, aproximaram-se com estrondosa excitação das famosas colinas, da própria magnífica cidade. Enquanto passavam por baixo do arco de Óstia e entravam na balbúrdia do tráfego noturno de Roma, Ovídio fechou os olhos até as lágrimas quase chegarem e imaginou de novo — quase fazendo com que se tornasse real — que aquilo, finalmente, era o seu triunfo.

Uma hora depois, Xênia estava de pé, tremendamente excitada, no meio de seu quarto de dormir. Depois dos infinitos mares cintilantes e dos campos marrons, subitamente aterrissara naquela casa pomposa, naquele quarto milagroso; sentia que suas mãos podiam atravessar as paredes. Agachando-se, correu os dedos pela delicada garra curva de um pé de mesa; estudou a cena submarina em uma parede e o mosaico azul ondulando aos seus pés. *Roma!*

Foi até uma janela. Com a mão protegendo a chama de óleo, olhou pelo jardim em direção à outra metade da casa, onde a lamparina flutuante de Ovídio desaparecera depois que ele a confiara aos cuidados da governanta, Persila. Ele tinha os joelhos trêmulos, os olhos brilhantes, sua mão apertava a perna dela enquanto entravam na cidade, enquanto seguiam trotando pela margem do rio e finalmente se aproximavam das colinas coalhadas de casas. Ao seu lado, ele parecia ainda mais esbelto e alto, com os olhos iluminados como a lua pelo sol.

Sua casa ficava entre duas colinas, no pé do monte Palatino. Persila os acolhera, uma mulher velha de olhos leitosos parecendo uma mariposa, que mal falava, mas cumpria suas tarefas com agitação, pequena e cinzenta como a Sibila encolhendo em seu jarro. O átrio pingava quando eles o atravessaram; um menino — filho da cozinheira — observava-os do outro lado do implúvio, acenando lentamente com os braços como um pássaro, com os cabelos negros cortados rente ao couro cabeludo quadrado, azulado. Havia Lida, uma garota rechonchuda com olhos selvagens de urso, e um garoto magro, espinhento, Lázaro. Vários quartos e corredores partiam do átrio, na extremidade do qual, atrás de um alto biombo preto, ficava o estúdio de Ovídio; mais adiante ficava o jardim, circundado por um pórtico, com uma nova ala de aposentos particulares à direita e outra com as salas de jantar à esquerda. Xênia viveria na ala nova, e Ovídio na parte antiga da casa. Os aromas do jardim flutuavam em sua janela — sua umidade escura, o amargor do buxo, lavanda tênue, limão — e a fonte murmurava baixinho; em cima da colina, o grande templo brilhava; através daquilo tudo corria o burburinho noturno de Roma.

Ela tirou o vestido e se deitou. As roupas de cama eram frescas e macias, e ela afundou ali os pés descalços, dissolvendo-se de prazer. Soprou a lamparina e ficou ali deitada, ninando na superfície de Roma. Como poderia dormir? Quando fechava os olhos, ainda via os olhos ardentes das lamparinas da rua, o templo luminoso na colina, o perfil de Ovídio iluminado pela lua quando ele se virara para ela, sorrindo, com os olhos refletindo a cidade que passava. Seu último pensamento antes de adormecer foi: o que ele fizer de mim deve ser... heróico.

3

Os primeiros dias em Roma foram inteiramente dedicados a desfazer as malas, acomodar-se, cortar cabelo e barba, acalmar estômago perturbado e sacudido pelo mar. Os longos dedos manicurados de Ovídio deslizavam pelos afrescos das paredes com uma autoridade de proprietário — pelas imagens arquitetônicas pretas e douradas pintadas em seu quarto de dormir, pelas grutas no corredor, pelas cenas míticas em vermelho e verde-musgo no átrio e na sala de jantar. Coxas sedosas de ninfas, peixes com escamas azuis, cães salivando, sátiros: criaturas reconfortantes, seres de arte, tão parecidos com as figuras de seu maravilhoso livro.

Seu livro: congelou, lembrando-se dele, com os dedos se colando na parede, enquanto ondas salgadas de apreensão percorriam-lhe o corpo. Cerrou os dentes para controlá-las. Então, depois de alguns instantes, seus pés nus tornaram a se mover com prazer determinado pelos pisos de mosaico, por cima de cenas de monstros marinhos e raptos de donzelas por touro ou nuvem, *por cima* do esqueleto dançante emoldurado no centro de seu quarto de dormir preto e branco. Algumas vezes, quando seus pés passavam por cima dele, examinava o pequeno crânio e os pequenos ossos; notava que Xênia o observava fazer isso, deitada nua e curiosa em sua cama.

Muitos dos móveis haviam sido doados, outros ele escolhera, mas nada estava ali por acaso. Sua paixão por objetos de arte era terrível. Quando seus olhos batiam em uma pintura ou vaso, era inteiramente dominado por aquele amor pelos objetos que só a mente ou o olho podem devorar, deixando a língua pendurada e salivando.

— É realmente a única coisa, não é? — disse a Xênia, e sentiu seus olhos de Dédalo erguendo-se bem alto sobre os mares daquilo que ainda estava em estado bruto, não trabalhado.

Que o mármore pudesse ser talhado e polido para adquirir o brilho e a maciez da carne; que aquelas sedas esmagadas em suas mãos pudessem ser tingidas daquela maneira; que aquelas paredes e pés de mesa e mesmo o menor dos pesos de bronze pudessem ser moldados de modo a servir à função e à arte; que a própria comida pudesse ser esculpida assim: algumas vezes ele mal podia suportar todo aquele esplendor, mesmo trinta anos depois de chegar a Roma pela primeira vez, corado e rude do campo. Via Xênia agora como ele fora então, correndo o dedo com profundo interesse por um pedaço pintado de tecido brilhante cor de damasco, pelos tendões de prata da perna de leão de um tripé.

Naqueles primeiros dias, ele a estudou enquanto ela se movia pela casa e ficava de pé no jardim, olhando para a cidade com uma excitação trêmula nos membros. Algumas vezes apertava os olhos, observando-a, enquanto ela falava com Persila e com os outros em seu latim incerto. Eles instintivamente mantinham distância, como se houvesse algo ao redor dela, uma tela. No entanto, estavam fascinados: ele vira Lida com seus olhos singulares observar Xênia por vários minutos, e vira Lázaro corado, com o pescoço como pele de galinha, quando ela simplesmente se virava em sua direção. Eram seus olhos, sem dúvida. Seu colorido, seus cabelos. Ela seria estrangeira em todo lugar? Persila absorvera Xênia com um único olhar, olhara para Ovídio e retornara a suas tarefas.

Ele ainda não mostrara a cidade a Xênia; ele próprio não havia saído, e ela ainda estava muito enjoada, sempre precisando estar perto de uma bacia. Além disso, pensou ele, ela ainda precisava ser apresentada, onde quer que os dois aparecessem juntos... em triunfo. Deixou-se pensar naquilo, mais uma vez, fechando os olhos, flutuando sobre as cabeças da multidão. Ela estava no jardim, agachada sobre um pé de alecrim, examinando o chão, com o vestido levantado até as coxas. Por um instante ele brincou com a expressão familiar: o bárbaro na cidade. Considerou a imagem em diversos ângulos e depois a amassou, jogou-a fora. Não: ela precisava de roupas, de apresentação.

Uma aparência estrangeira. Egípcia, ou síria, ou pelo menos grega? Algo definitivamente oriental? Não: com seus cabelos muito louros, nada disso serviria. No entanto, os tipos de roupas que poderiam servir — mantos do norte, peles de urso — pareciam bárbaros demais para sua complexidade.

Um enigma. Ela então se levantou, com o sol batendo e atravessando seu vestido, e ele sentiu um súbito calor, um enfraquecimento. Só véus serviriam, decidiu ele, transparentes como a própria água, como na primeira vez em que a vira.

Quatro dias depois de eles chegarem, ainda não houvera nenhuma notícia, e ele estava em um paroxismo de ansiedade, com o corpo rígido, coberto de suor. Deitado na cama, ele suplicava com olhos brancos tensos a qualquer espírito pairando ali por perto para, por favor, deixá-lo ter o que queria; para, por favor, fazer com que Xênia estivesse certa. Desejou com tanta força que quase sentiu seu *gênio*, sua própria vida pulsante, escorregar por seus ouvidos e, vermelho e desesperado, subir voando o Palatino até onde estava sentado aquele frio homem de mármore.

No quinto dia, não pôde mais suportar.

Então, deixando Xênia envolta em sedas e nas mãos nervosas e cheias de alfinetes das mulheres, Ovídio, cabelo recém-cortado, barba feita, com óleo pelo corpo e roupas novas, foi finalmente à cidade.

Marco primeiro! Editor, *gourmet*, *gourmand* — o mesmo brilho ganancioso aparecia em seus olhos quer o que estivesse à sua frente fosse um papiro ou um banquete, contanto que fosse *soberbo*. O coração de Ovídio batia com violência, e ele sentiu os joelhos falharem, escorregadios; estalou os dedos bem alto enquanto se aproximava da casa de Marco no monte Esquilino e bateu levemente à porta. Com os olhos molhados de emoção, o impetuoso Marco envolveu-o em seus braços de açougueiro. Depois veio toda a conversa — a viagem, os perigos, o que acontecera em Roma — até Ovídio finalmente afastá-la.

— Meu livro. — Diante do que Marco se esquivou, com muita graça para um homem tão rotundo, desapareceu de algum modo do campo de visão de Ovídio e começou a revirar algum lugar em busca de alguma coisa.

— Ah, sim — veio sua voz. Parecia, parecia sim, que houvera algum interesse incomum. Não estava claro se o interesse era positivo...

— Quem, Marco?

— Bem, o Palatino. Um dos primeiros exemplares foi mandado para lá.

O Palatino! Que parte do Palatino? Ovídio pôs-se de pé abruptamente, saiu correndo da casa, subiu correndo o Palatino. Seus joelhos pareciam os de um camelo enquanto seus pés batiam nas intermináveis pedras do calçamento, subiam o caminho em ziguezague, chegavam à luz ofuscante da praça, passavam pelo templo com suas colunas de veios amarelos, corriam na frente de todas as estátuas negras. Estava sem ar quando empurrou a pesada porta e entrou na biblioteca latina do Palatino, onde caiu como um leão sobre Júlio; Júlio, com seus olhos vagos e seu manto puído; Júlio, o bibliotecário.

O que ele sabia? O que ouvira?

Nada...

Nada!

Bem, sim, parecia haver algum interesse em algum lugar... mas ninguém sabia quem ou o quê.

Ovídio ficou parado na grande sala silenciosa, com todos os seus armários repletos de pergaminhos e a luz caindo pelo ar empoeirado, e imaginou-se explodindo em silêncio. Agradeceu a Júlio e tornou a sair, apertando os olhos mais uma vez em direção aos portais do palácio de Augusto e descendo pesadamente o caminho de granito para novamente se deitar em seu quarto de dormir preto e esperar.

Finalmente, ao término da segunda semana, chegaram notícias. Caro acabara de chegar, impaciente para que Ovídio escutasse a última versão de seu épico sem fim — Caro com suas pernas longas e bem-torneadas, correndo a mão pelos cabelos enquanto perguntava sobre o trabalho de Ovídio, mas falava do seu próprio; Caro, companheiro muito querido e bastante irritante, colega da sociedade, amargo rival. Estavam no estúdio, Ovídio em sua cadeira de garras de leão e Caro andando de um lado para outro, gesticulando com os punhos enquanto recitava, quando duas coisas aconteceram ao mesmo tempo. No meio de uma frase entusiasmada, Caro se calou, com os olhos cor de opala fixos em algo no jardim — e ali estava Xênia, com os lábios abertos naquele sorriso, o sol brilhando através de seu vestido amarelo. Naquele instante, alguém bateu à porta — uma batida significativa, perfunctória. Ovídio e Caro se entreolharam através do ar parado enquanto Persila se apressava para atender, e o mensageiro entrou, com seu convite milagroso.

Mais tarde, Ovídio lembrou-se dessa visita como acompanhada por asas perfumadas que abafavam os sons normais do dia, carregando-o para longe — como Ganimedes poderia ter-se sentido quando Jove enviara sua águia. Adeus, Caro, adeus! Os elegantes dedos dos pés de Ovídio roçaram nas orelhas pontudas e invejosas de seu velho amigo enquanto ele era carregado para cima, subindo o Palatino...

No entardecer desse dia milagroso, ele estava de pé no jardim com um cálice de vinho, os olhos ainda vidrados com o que acontecera. O sol começava a se pôr; o céu era de um violeta fresco; o jardim tinha um úmido aroma vespertino. Havia um silêncio no ar, uma sensação de satisfação imóvel. Ovídio apoiou-se na herma de granito e olhou para cima. O mundo à sua volta finalmente estava certo; todas as suas cores e formas, das ondulantes copas das palmeiras a uma nuvem flutuante, estavam em paz, perfeitamente no lugar. Quando Xênia saiu do quarto, ele levantou o braço para o céu e fez um brinde... e deu-se conta de que ela estivera certa. Acontecera, disse-lhe ele: ele fora aceito, fora levado para dentro.

— Em magníficas asas emplumadas — disse. Dançou uma valsa lenta em torno da herma, salpicando de vinho seu rosto lascivo. Ah, deus, como adorava aquele trabalho querido. Eco! Narciso! Pigmalião! Estava subindo, subindo; podia *sentir-se* flutuando, cada vez mais perto dos calcanhares rugosos e endeusados de Virgílio e Horácio. Aquele patrono, dentre todos os patronos!

Houvera um tempo em que existiam círculos literários presididos por mulheres, nos dias da antiga república. Diletantes, sem dúvida, mas pelo menos gastavam seu ouro de modo correto. E era adequado que ele fosse o primeiro poeta escolhido por essa nova *patronnesse*, nesse império recém-criado. Como uma mariposa escura, ele esvoaçaria em torno da luz esguia dela, os dois lançando imensas sombras. Ela era tão ansiosa, ardente, seus olhos eram puro fogo! Embora houvesse sussurrado, muito tímida, que preferia que ninguém soubesse daquele acordo por enquanto. Não, não... claro que não, gritara ele. Compreendia totalmente! Mas como queria contar, tomar aquela milagrosa Xênia nos braços e balançá-la pelo jardim e gritar sua notícia maravilhosa!

— Mas quem é ele? — perguntou ela.

Ovídio olhou para ela, percebendo suas limitações com o mesmo espanto com que acabara de ver sua habilidade, e ficou maravilhado diante da possibilidade que se apresentava. Fez uma pausa para tomar mais um gole, segurando o cálice em uma das mãos grandes, cobrindo-o todo. É claro, *patrono* não era bem a palavra, mas a forma feminina tinha um som estranho... e agora ele vislumbrava como aquela imprecisão poderia ser útil.

— Bem, na verdade não posso lhe dizer quem é, por enquanto é segredo — disse ele, com os dedos tamborilando no cálice.

Durante toda aquela noite, Ovídio se protegeu com vinho. Nunca gostara de beber muito; sua reputação de devasso baseava-se inteiramente em seus escritos, o que, supunha ele, era um elogio. Mas conforme a noite passava e ele se via sentado com aquela moça felina no divã em frente ao seu, mordiscando pedaços de abóbora (adoçada com mel, temperada com um espesso molho de peixe) com seus pequenos dentes afiados, levantava seu vinho, sacudia-o — e acima de tudo era incoerente — para poder se recolher dentro de si mesmo e pensar. Assim que ela lhe deu um beijo de boa-noite no rosto quente e se retirou para seu quarto, ele deixou o cálice de lado e soprou a lamparina para poder refletir, em paz, no escuro.

Era um golpe de mestre o que acontecera naquele dia. Um espantoso golpe de mestre — ele ainda não conseguia acreditar totalmente. Ter deixado Roma na primavera anterior em condições tão tensas e depois ter conseguido justamente aquele patrono. Quando ele chegara a seu luxuoso quartinho pela manhã depois de ser convocado, ela o cobrira de elogios como pequenos beijos, e ele ficara ali de pé controlando o próprio rosto enquanto agarrava as palavras flutuantes e guardava-as no peito cobiçoso para se deleitar com elas mais tarde.

Então — apenas instantes depois daquele dilúvio de elogios, depois de havê-lo acomodado em almofadas de seda verde-amareladas e lhe oferecido línguas de flamingo grelhadas — ela continuara.

— Está trabalhando em alguma coisa *agora*?

Ele ficara surpreso, mas é claro que não deveria ficar, disse a si mesmo com rispidez. É claro. Sempre deveria haver outro projeto — senão, qual a necessidade de um patrono? A amargura momentânea fora engolida, junto com uma esbelta língua negra, e ele concordara, sorrira, nada dissera de definitivo. Mas, mesmo que ainda não estivesse completamente decidido, não podia se permitir ficar assim por mais tempo: seu coração se prendia em torno da idéia que vinha crescendo desde aquela noite na floresta.

Ela continuara, sua *patronnesse*, comprazendo-se com seu novo papel.

— Esse próximo — dissera ela —, seu próximo trabalho deve ser... — E ali lutara para encontrar as palavras, com os olhos afastando-se para fora da janela, para as nuvens. Seus dedos cobertos de jóias vermelhas acariciavam o ar suavemente, e ela parecia estar moldando-o ao seu bel-prazer, fazendo-o tomar forma como só as pessoas de sua posição podiam fazer, aquelas acostumadas a ter os desejos concretizados.

— Seu próximo trabalho não deve ser tão... — E mais uma vez parara, vasculhando o céu à procura do que queria dizer. — Não deve ser tão *promíscuo* — dissera enfim, sorrindo diretamente para ele.

Promíscuo! A mesma palavra que ele usara. Ficou surpreso e sentiu um calor atordoante na testa. Então percebeu: tomando a *promiscuidade* como sua pretensa ofensa, ela estava lhe oferecendo um caminho para a segurança, guiando-o em direção aos portões ebúrneos — na verdade, ela própria era a guardiã dos portões.

— Algo *grave* — continuara ela, esfregando as mãos, correndo com os pés esbeltos, como fosse ela quem ficaria incandescente com o esforço de criar. — Você já tem um novo tema? Algo sério, algo *singular?* — E quando novamente usou sua própria palavra e olhou para ele com seus olhos negros brilhantes, ele sentiu, em um momento de pânico, que ela sabia, que podia ver o segredo dentro dele.

Nesse ponto Ovídio levantara os olhos e fitara as nuvens vagamente, com o coração martelando no peito. Em seguida levantara-se e endireitara os ombros, desesperado para sentir sua altura toda, para desdobrar sua longa forma e fazer operar sobre ela o efeito que sempre tinha sobre as mulheres. E de fato ela sorrira de volta, demonstrando que recuava. Aceitara que ele não lhe contasse por enquanto; era o seu direito. Mas traria ele alguns trechos à medida que fossem ficando prontos?

Assim, pensou ele então, deitado no divã no escuro... assim está realmente começando. E se eu puder acreditar *nela*, nessa maravilhosa Xênia, este será o meu melhor.

Mas deveria acreditar nela?

Por que não? Quando ela soubera o que soubera sobre as *Metamorfoses*!

E, se ela sabia que esse próximo seria ainda melhor, isso queria dizer que sabia o que era?

Não podia. Afinal, nada soubera sobre sua *patronnesse*. Estranhos, aqueles seus pontos cegos.

Viu então os pontos dourados naquele pedaço de seda verde, aquele que ela amarrara na própria boca. Pontos cegos sim, pensou, e grandes.

Sentiu um tremor dentro de si e, rolando para o outro lado, observou suas janelas acesas, sua forma movendo-se do lado de dentro. Nos últimos dias ele a observara passar minutos inteiros imóvel, com o rosto virado para a parede — estudando-a, aparentemente. Ou ouvindo alguma daquelas coisas que ela ouvia? Observara-a agachar-se, como se agachara sobre os seixos, acompanhando o desenho do chão com o dedo, como se pudesse adivinhar no trabalho de algum artesão com pedaços de pedras coloridas uma mensagem críptica, crítica. Algo seco estava pendurado em uma das janelas; ela pregara aquela sereia de bronze em sua porta. Arrumara fileiras de potes no átrio, no implúvio e a toda sua volta, vinhedos pendurados no teto. Ele a observara andando pelo jardim, com o vestido seguro em uma das mãos, dando ordens a Lázaro e Lida enquanto o filho da cozinheira, Tibo, pulava amarelinha sobre os montes de terra recém-revirados.

Ovídio percebeu que estava pressionando com força a unha do dedo médio na palma da mão, e parou. Tocou o corte salgado com a língua. Depois se levantou do divã abruptamente, levou as mãos aos quadris altos e quadrados, e forçou as pernas compridas a andar pelo chão, a delinear seu lugar sólido no mundo. Entrou pelo pórtico, fazendo seu manto estufar e ondular, sentindo sua presença física ficar mais definida a cada passo. Parou e tornou a olhar através da vegetação escura, em direção à seqüência de janelas.

Apenas uma brilhava agora, tênue, como se a lamparina houvesse sido abaixada, mantendo algo em segredo. Olhou com tanta atenção que quase sentiu que se libertava, deslizava como um morcego por cima das palmeiras e limoeiros, entrava voando por sua janela, agarrava-se em silêncio a seu teto. Naquele momento fez-se um clarão azulado, que se dissolveu tão rapidamente quanto aparecera, deixando um rastro de fumaça e uma marca fantasma na escuridão. A lamparina a óleo foi movida, lançando sombras roxas por todas as paredes, e quando a luz se imobilizou ele a viu dar um passo para trás, com as mãos estendidas em triunfo. E então ela se virou, totalmente consciente, para onde ele a observava das sombras. Por um instante ficaram assim, ele no pórtico, ela em seu quarto, com os olhos se encarando, conspiratórios.

Ovídio expirou lentamente. Bem, então. Iria comprar-lhe ingredientes; iria encontrar-lhe pacientes. E, percebeu com um pequeno estalo de arrogância, não precisava mais se preocupar com a lei. Com aquela fabulosa protetora, estaria imune; não teria nada a temer.

Enquanto ela lavava o rosto em uma bacia de água de bronze e observava uma gota brilhante descer-lhe pelo braço, carregando consigo o reflexo da luz da lamparina, e perguntava-se de novo se era a *luz* que continha a quintessência e, se fosse, como exatamente poderia capturá-la, e se Ovídio a transformaria em alguém como Circe, com seus feitiços arrebatadores, risonhos — mas não, ela preferiria ser Orfeu, hipnotizando o outro mundo —, Xênia pensou novamente no que vira mais cedo naquele dia. A notícia do patrono não era uma surpresa. Ela soubera que as *Metamorfoses* seriam celebradas e fizera alusão a isso, embora Ovídio não tivesse acreditado nela. Mas naquele dia, com Caro, vira outra coisa. Ele era quase tão alto e elegante quanto Ovídio, e ela sabia que os dois haviam perambulado juntos pelas ruas, feito galanteios nas mesmas festas, sido rivais na poesia, trocado críticas ácidas. Observara Caro andar de um lado para o outro pelo chão, entrando e saindo das sombras. O rosto esculpido, as mãos arrogantes. Observara-o desdenhar algo que Ovídio dissera, vira-o dar uma risada seca, passar a mão pelos cabelos. Todavia — embora ele posasse e jogasse a cabeça para trás ao rir; embora sua ambição queimasse como uma úlcera atravessando sua superfície tranqüila; embora, quando Ovídio olhava para o outro lado, Caro o fitasse com um olhar faminto de inveja —, o tempo todo, enquanto recitava, a poeira caía lentamente sobre ele. Uma poeira cinza, vinda do céu como se tivesse sido peneirada. Cobria-lhe os cabelos escuros cortados rente, os cílios e o osso do nariz, cobria-lhe os ombros confiantes por baixo do manto roxo. Vinha cobrir-lhe as botas de couro e prender-se a seus braços e a suas mãos longas, bem-formadas; enterrava seus joelhos e suas coxas, e fixava-o ali, elevando-se devagar até seu peito. Ali, de pé no jardim, ela o vira desaparecer. Nenhuma palavra do que Caro escrevia seria lembrada.

Mas Ovídio. O tempo todo, observando o amigo, ele estivera intocado, imaculado. Talvez resplandecesse até com mais força. Sua cabeça lúcida, suas mãos móveis — Ovídio reluzia como mercúrio.

4

Eles mergulharam na cidade, Ovídio alto, com o sol romano sobre o rosto magro; Xênia, voando selvagem ao seu lado. Desceram a estrada de granito e entraram na grande praça com sua rigidez e majestade, toda colunas e cortinas e homens a salmodiar — fascinante a ponto de cegar, com esculturas pintadas de tintas brilhantes, todos os rostos e olhos escuros. Depois através de colunatas, pórticos, outras fileiras de estátuas, pela praça polida de Augusto, sob um imenso arco, e para dentro da Subura. As ruas eram estreitas e íngremes, sufocadas com mercadores vendendo pão, galinhas e aves de caça, azeitonas, mel, óleo, ervilhas, rabanetes, alcachofras, figos, uvas, marmelos, tâmaras, peixes ainda se debatendo, salsichas, arganazes. E por toda parte havia o cheiro salgado emanando dos potes de garum, pequenos peixes cozinhando no sal que se derretia sob o sol.

Que quantidade de comida, que quantidade de gente! Ovídio a observava sorver tudo aquilo, com os olhos brilhando de excitação, os pequenos dentes visíveis entre os lábios. Ela nunca vira tantas pessoas, ele percebeu, e se era verdade que conseguia *ouvir* o que pensavam... Africanos, hibérnicos altos, gregos vendendo livros, gauleses narigudos, asiáticos de cabelos negros, egípcios, sírios, trácios, panônios, judeus, árabes, godos — todos os povos do império, todas as suas línguas, todas as suas roupas e cheiros diferentes. Escravos, ou homens libertos, ou cidadãos de Roma e suas províncias: era possível saber pelas roupas que vestiam. Mas, em meio a tudo aquilo, a aparência estrangeira dela se destacava: olhos a acompanhavam depois que ela passava, bocas se abriam ao ver seus olhos.

Foram até o Campo de Marte, onde as boas lojas vendiam lindos móveis esculpidos, esculturas, peças de fazenda. Xênia espiava fascinada por portas abertas e via ricos átrios, jardins cintilantes, figuras elegantes almoçando; encarava grupos de jovens, de braços dados, orgulhosos com suas bochechas bem-formadas e seus cabelos lustrosos, movendo-se pelas ruas lançando olhares de soslaio para as mulheres. E que mulheres, passando com um farfalhar de roupas, cabelos arrumados e bocas rápidas, olhos sabiamente delineados, toques de ardósia azulada na testa, jóias coloridas a cobrir-lhes os braços.

O livro de Ovídio estava nas vitrines, exposto em todas as tendas dos gregos, com uma capa azul-celeste realçando as protuberâncias douradas. Homens e mulheres liam-no, movendo os lábios, absortos, perdidos nas astutas redes de suas palavras. E, quando ele passava como uma sombra fugidia, dedos voltavam a tocar o papiro.

Então, como olhos percorreram-nos de cima a baixo, Ovídio e sua fabulosa consorte! Seu nome foi sussurrado; voou em gritos entusiasmados sobre as cabeças, rumo à gloriosa luz do sol.

— Ovídio! Ovídio! Bem-vindo de volta!

— Deus, como Roma sentiu sua falta!

— O livro é brilhante, simplesmente brilhante!

— Espantoso... um triunfo!

E todos os beijos, e os olhos molhados e frenéticos, e os roçares de cotovelos patriarcais, e os olhares maravilhados por sua sagacidade, e os olhares de súplica dos poetas mais jovens, e os sutis sorrisos sedutores das mulheres...

Ah, livrinho, querido livrinho! Ele segurou firme a cintura de Xênia e mordeu-a no pescoço.

Mas quem é ela, afinal? Ele jurava poder ouvir a pergunta, o rápido sussurro. E, se *ele* podia ouvir, imagine o que *ela* ouvia! Ao seu lado ela estava afogueada, com aqueles olhos fantásticos definitivamente ardendo, um rubor em seu peito branco como a neve. De repente ele voou para fora de si, esquivou-se para o lado como o Rumor de Virgílio e viu o espantoso casal que formavam: toda sua escuridão angulosa, e a beleza brilhante, estranha, de Xênia. *Resplandecente!*, pensou — e viu a pura chama azul, os dois flutuando, mais leves do que o ar. Não: parou abruptamente na rua para alterar a imagem. Não, ela era a lua, toda luz e sombra azul, e ele, malvado e culto em seu manto escuro (proibido — não importava, agora!), tirara-a do céu, como faria qualquer feiticeiro. Sim, era *ele* o feiticeiro, ela a lua. Ele tinha sangue peligno, não tinha? Pelignos, famosos por sua feitiçaria!

— Você sabia disso? — perguntou ele, e começou a contar-lhe, mas ela parecia não conseguir ouvir, e subitamente ele se sentiu tolo.

— Desculpe — disse ela. — Está tão alto. Os prédios...

— Sim?

Ela deu de ombros.

— Não param de cair.

Ele olhou em volta, de esguelha, e em seguida tornou a olhar para ela, para a luz do sol passando pelo cristalino de seu olho dourado, e sentiu uma leve pontada.

Ela comprou lamparinas a óleo que pareciam rostos, com suas bocas cantantes emitindo chamas, e um forno de bronze com um peixe no lugar do bico e pequenos pássaros coroando a tampa. Comprou peças de seda, preciosas demais para serem usadas, que apertou com a mão, fechando os olhos com um prazer excruciante. Ele se afastou enquanto ela mergulhava nas lojas, corada de desejo, e saía cambaleando, carregada.

No alto da Subura, seguiram uma rua que de tão íngreme tornava-se uma escada, até chegarem à porta que procuravam, que só foi aberta depois de três batidas fortes. Ali, Xênia encontrou algumas das coisas que queria, mas ficou desolada com sua pouca quantidade e com seu alto preço.

— O que quer fazer com língua-de-boi? — sussurrou uma mulher com o rosto como o de um sapo, espiando do vão escuro da porta. Ovídio olhou para Xênia, mas ela corou, desafiadora, e estendeu a mão para pegar a planta. Deram o dinheiro à mulher e saíram correndo.

Ah, ele podia sentir sua excitação, como era aquecida pelo mais ínfimo dos medos.

Ela logo começou seu trabalho, tudo à vista do estúdio dele, tudo cuidadosamente monitorado por ele. Colocou fileiras de jarros em suas janelas, jarros de vidro verde como o mar, ou claros como ametista, ou brilhantes e amarelos como dente-de-leão. Xênia fez Persila sentar-se na sua frente em uma cadeira perto da janela, onde a pequena velha — com os pés sem tocar o chão — juntou as mãos e permitiu-se ser examinada. Os olhos de Lázaro se assustaram como os de um cavalo quando ele viu as pontas dos dedos de Xênia se aproximarem de sua pele bexiguenta. E Lida: logo Xênia estava moldando bonecas de cera e queimando pedaços de roupa e cabelos, sua voz e a voz da garota falando baixinho no jardim escuro; Lida tinha até algumas das unhas de seu amado, que ele roera e deixara para trás na cama dela. Ovídio observava tudo isso como um patrono, de sua cadeira que parecia um trono com vista para o jardim.

Outros clientes vieram — só escravos, decidira ele; melhor um pouco de discrição. Uma amiga de Lida, que queria muito mandar um sonho para um homem em particular; a velha tia de Lázaro, em quem haviam posto uma maldição. Eles se esgueiravam pelo pórtico, olhando nervosos para a herma que tudo testemunhava. Quando viam os olhos de Xênia, a fuga percorria seus corpos de forma visível, mas ela os agarrava e os puxava para dentro e os fazia sentar-se e então começava. Geralmente logo ficava claro o que era preciso, afirmava ela: era capaz de ver o problema pairando. Aquilo aumentava o efeito, quando ela sabia exatamente o que os perturbava antes de eles ousarem abrir a boca de dentes marrons.

Apenas uma vez ela pareceu se atrapalhar: quando Ovídio estava fora, contou-lhe Xênia, uma jovem aparecera, abrigada contra a chuva de outono, com o capuz do manto deixando pingos caírem-lhe sobre o nariz longo e delicado. À sua volta Xênia vira apenas escuridão, que tudo cobria menos suas mãos, e delas emanava uma claridade vermelha e quente. Xênia supusera que ela quisesse uma maldição e sacara uma tábula de chumbo. Mas não: a mulher, com os olhos entrando e saindo dos de Xênia como agulhas, queria algo simples, gotas de azevinho para um bebê.

Ele podia ver como Xênia se entusiasmava, como ela se via sob uma nova luz: ali, em Roma, com sua inteligência e ousadia, com *ele*, observada e adorada. Podia vê-la manter a postura com cuidado, posando como imaginava que deveria posar o modelo dele. Agora ele finalmente começara com afinco; seu melhor trabalho deslanchara, seu estilo cortava a cera negra e macia, uma linha sutil após a outra. Ele as recitava para sua *patronnesse* com a voz rouca e ficava ereto como um mastro para receber seu elogio. Nas ruas, nos banhos, nas lojas, era acolhido como uma divindade em visita. Como ele os surpreendera! Que sagacidade demonstrara! Podia senti-lo ao caminhar por sua cidade adorada, ele próprio feito de algum material antigo, de terra e mármore e tijolo vermelho aquecido, ele próprio tornando-se eterno.

Então ela estava entusiasmada, e ele estava entusiasmado, e três semanas depois de o livro ser lançado nas ruas — três semanas depois de o próprio Ovídio ter aparecido com aquela beldade distante — Marco deu uma de suas famosas festas para celebrar as *Metamorfoses*.

Havia nove divãs, o bastante para vinte e sete convidados, dispostos de um modo que exigia grande agilidade dos escravos. Ovídio, é claro, se sentaria no canto superior, ao lado de Marco, com Xênia do outro lado e abaixo, ao lado de Caro. Ela vestia seda cor de damasco, e com aqueles cabelos luminosos arrumados com prata e conchas, e aquela pele delicada também ornada de prata — houve um silêncio quando eles entraram, uma lenta expiração. Então o nome dela correu pela grande sala, e Ovídio sentiu, para seu espanto, um grande desejo de pegá-la e escondê-la, uma pontada de medo de que as coisas fugissem de seu controle.

Ficou o mais perto possível dela: ela estava entusiasmada, mas visivelmente aturdida, vendo e ouvindo, como sem dúvida fazia, os espelhos e ecos das coisas. Mas quase de imediato foi afastada dele, enredada por mãos femininas fascinadas e levada embora por elas e por Caro. O próprio Ovídio mal conseguia ver através de todo aquele tremor lilás e cor-de-rosa que se reunia a seu redor, juntando-se sobre ele como pombas. Uma nova beldade que ele ainda não conhecia (mas é claro que não podia conhecer *todas* elas), uma criatura vestida de verde transparente como as asas de um inseto, com os braços cobertos de ouro e costas flexíveis e mortíferos olhos violeta, estava sentada ao seu lado e elogiava seu livro com detalhes tão gratificantes — o tipo de elogio do qual ele nunca se fartava, quando a inteligência sob suas linhas aparentemente mais inofensivas era decifrada e apertada contra o peito. E que belo peito...

Faleriense, cécubo, mássico — Marco tirou da despensa os garrafões de prata com pequenas cenas em relevo. Os vinhos, pensava Ovídio enquanto fazia brinde após brinde, estavam impregnados de Horácio; ele tornara seus nomes míticos — mais do que míticos, eternos. Entretanto, era *ele*, Ovídio, a quem se estava brindando naquela noite! Seus elogios ressoavam por toda parte, trechos das *Metamorfoses* eram recitados e dissecados com deleite.

— A língua de Filomela... horrendo! — grasnou Marco.

— Ah, mas confesse, é tão engraçado!

— E a tristeza de Aretusa dissolvendo-se em água...

— O brilho dos duplos de Narciso!

— Aquela terrível ânsia de Mirra por seu pai...

— Tão maravilhosamente perverso — murmurou Júlio.

— Mas tão *doentiamente* convincente! — exclamou a de vestido transparente.

Sim, era verdade, era tudo verdade; Ovídio, de repente, não podia acreditar que as criara, aquelas adoradas criaturas. Percebeu que estava à beira das lágrimas. Caro Marco! — fez um brinde ao caro Marco. E Júlio — Júlio também, guardião daquela tão preciosa biblioteca, onde os trabalhos de Ovídio tinham seu nicho todo especial! E Celo, e Basso, e, bom deus,

Ático, e até mesmo o invejoso Caro! E aquela mulher de vestido transparente, tão cheia de vida, tão inteligente, por que não brindar a ela também! Seu copo se levantou, o copo dela se levantou, seu pescoço daquele tipo musculoso de que ele tanto gostava...

— Mas diga-nos — falou alguém —, e agora?

E agora? Ele engoliu em seco. Não responderia *àquilo*.

— Está bem, então, conte-nos sobre esse novo patrono.

— Sim, você já nos atormentou antes. Agora conte!

Contar. Quase o fez, em seu entusiasmo; aquilo ardia em sua boca jubilosa. Mas é claro que não contou; ele prometera — e subitamente se perguntou por quê. As mesas entrelaçadas, o chão ondulante, as paredes cintilando com histórias, a comida passando nas mãos dos escravos com todos os nomes anunciados — ostras de Circeo e berbigões de Baia e fígados de linguado e *escargots* africanos — e aquela mulher verde transparente ali ao seu lado, tão maravilhosamente madura, o calor de seus braços roliços em sua coxa: ele nunca bebera tanto assim, nunca... De repente, lembrou-se de Xênia. Bateu palmas pedindo água, sorrindo, ansioso, e sacudiu a cabeça para seus amigos.

Ela estava ladeada por Caro e por um trio de velhas beldades suas conhecidas: Célia, com seus cabelos tingidos de hena; Flávia, com cachinhos alourados; e uma morena, egípcia, de cujo nome se esquecera, mas cujo cheiro das axilas ainda vivia em sua mente. Xênia estava bebendo vinho depressa demais enquanto a conversa das outras faiscava à sua volta como fogo.

— Eu era Corina, como imagino que ele lhe tenha contado.

— Ridículo! *Eu* era.

— Ah, por favor!

— Eu diria que você precisa de uma nova — sussurrou a mulher de vestido transparente ao seu lado. — Alguém não tão antigo.

— ... garça assada no sal e rodeada por melros...

Xênia estava rígida, não parecia bem, e ele se perguntou se ela também via passados. Sentiu-se enjoado, vendo subitamente todos aqueles momentos sentimentais perdidos...

— Ah, a famosa Corina, e depois... qual o nome dela?

— Não consigo me lembrar, ela não durou.

— Mas depois *dela*...

— Bem...

Nesse ponto, o trio malvado se entreolhou, aqueles olhos escuros voando de uma para a outra como tochas, e riu, e pela maneira como Xênia olhou para elas e em seguida fitou seu copo de vinho, ele pensou: sim, é terrível, ela vê tudo. Limpou a garganta para intervir, mas aquela mulher de vestido transparente...

— Sabe, eu sei o que aquilo quis dizer — murmurou ela —, sobre a língua de Filomela. Cortada, mas ainda viva. — Ela suspirou e se inclinou mais para perto, fazendo seu vestido se abrir (conforme previsto) para ele (conforme previsto) olhar. — Você estava falando da sua língua, de suas palavras, vivendo para sempre. Sabe — sussurrou ela —, eu conheço você. — Ela sorriu. Mas atrás de seu braço envolto em ouro ele viu o rosto de Xênia e pensou, com um espasmo: ela ouviu.

A mulher de vestido transparente seguiu seu olhar, e ele viu como seus olhos violeta encontraram Xênia, avaliaram-na, desdenharam-na — e como Xênia viu isso também.

— Você sabe tudo sobre ele, é claro, não sabe, Xênia?

Aquelas harpias, vociferando, ele podia vê-las dilacerando carne! Então aquela criatura pousou a mão em seu braço.

— Tem uma coisa — sussurrou ela — que eu adoraria lhe mostrar.

— ... molho feito de óleo de Venafro e ervas picadas...

— Querido Ovídio. — A egípcia. — Simplesmente não se pode confiar nele.

— Deus, não. Mas amá-lo...

— ... uvas de Alba secas na fumaça com javali selvagem da Úmbria...

Os olhos de Xênia estavam fixos na mulher ao lado dele, aqueles olhos amendoados, um amarelo, outro cinza. Ah, deus, pensou ele, será que ela *vê* alguma coisa?

— Está ali no jardim, se você quiser vir...

— Sempre pareceu tão estranho da parte de Ovídio — dizia Flávia — ter feito aquele pequeno arranjo anos atrás.

— Bom, era lógico, considerando a lei. Melhor do que ter que pagar as multas de solteiro.

— É tão caro não ser casado!

— Sem falar em não ter filhos.

— E o que poderia ter sido mais conveniente — uma viúva com um filho que precisava do arranjo tanto quanto ele!

— E queria tão pouco ficar com ele quanto ele com ela!

— Mas ainda assim...

— Ter desistido totalmente do amor!

— Do *amor*, talvez...

— Mas não das amantes!

A mulher de vestido transparente pôs-se de pé, tocando a mão dele, e Xênia — ele viu algo varar-lhe o corpo.

— Você vem?

E não pôde evitar, tinha que ver como aquilo iria terminar. Então se sentiu levantar atrás daqueles belos quadris verdes, sentiu-se caminhar entre os divãs entrelaçados, sentiu-se passar diante dos olhos quentes de Xênia. Mas ali parou, hesitante. Embaraçado, olhou para ela, sabendo que seus olhos estavam turvos, e o fato de saber só piorava as coisas. Ele — dentre todas as pessoas — não soube o que fazer. Então quase sorriu, mas não chegou a fazê-lo, e tocou o rosto dela com a mão fria. Depois se virou confuso e saiu para o jardim, para aquela mulher que o aguardava no escuro.

Negro, só isso, tudo estava negro. Tudo a não ser seus olhos brancos, fixos. Xênia sabia que aquilo era desproporcionado, risível, mas não havia absolutamente nada que pudesse fazer.

Aquele toque: algo nela parecia saber. Adeus.

As mulheres olhavam-na com seus olhos e seus lábios escuros arfantes, cheios de compreensão e de prazer excitado. Olharam de soslaio para o lugar vazio de Ovídio e para o copo abandonado da mulher de vestido transparente e para as sombras juntas no jardim. Ela não sabia o que fazer. A escuridão pareceu envolvê-la, fumegante. *Traiçoeiro*. Ela olhou para baixo, como se pudesse ver a si mesma desaparecendo, porque era isso que estava acontecendo. Levantou o copo e fechou os olhos diante do líquido trêmulo, sentindo o cheiro da prata fria, molhada, e bebeu. Sentiu as mulheres balançarem a cabeça.

— O que estávamos dizendo? Ah, sim: *amantes*.

— Mas olhe para nós, estamos falando como se Xênia sequer estivesse aqui.

— Mas você está, não está?

— Veio de muito longe.

— ... caviar em folhas de vinha, uvas com maçãs de Piceno...

Xênia teve a sensação de que seu corpo fumegava. Bebeu de novo para se refrescar, mas só sentiu mais calor.

— Você realmente morava no fim do mundo? — começou uma das mulheres, animada. — É o que diz Caro, não é, Caríssimo?

— ... que esperteza, sal negro e pimenta branca! Vocês perceberam? Não percebi até provar...

Ela não olharia para o jardim, não veria aquelas sombras tão próximas.

— As pessoas realmente *vivem* no Cáucaso?

— É impressionante que você fale latim, vindo de tão longe, lá de cima.

— Mas é em cima? Ou do outro lado? Não consigo visualizar...

Aquele calor, ela mal conseguia respirar; o ar estava sufocante e denso. Então percebeu... havia fumaça; havia fogo. Agarrou o divã. Havia chamas, ali no Esquilino, uma deflagração que partiria do circo e, selvagem, percorreria os prédios e casas até metade da cidade ser engolfada. Aquela casa queimaria: ela via isso agora, as chamas no átrio, o jardim aceso, vermelho.

As mulheres cacarejavam e franziam o rosto, com os olhos pousados nela enquanto ela olhava através delas.

— Mas elas realmente têm rabos de peixe? — perguntou uma delas, nervosa.

— Ouvi dizer que comem bebês!

— E o lugar é cheio de feiticeiras?

As chamas voaram da porta do átrio, e as palmeiras secas inflamaram-se imediatamente com um estalo, os bancos de mármore partindo-se com o calor. Ela praticamente podia sentir o fogo em seu rosto enquanto as chamas corriam em direção à porta da sala de jantar — onde Ovídio apareceu naquele exato momento.

— Há algumas — Xênia ouviu a própria voz dizer enquanto ele passava, com os olhos de todas as mulheres acompanhando-o.

— É mesmo, feiticeiras! Que excitante.

Então *ela* entrou — sua nova Corina. E, de repente, Xênia viu: *ela* estaria ali quando o fogo consumisse Roma. E, no entanto, estaria tão velha, com aquela carne deleitável como um barbante enrolado em torno de seus ossos, e a única luz em seus olhos seriam os reflexos das chamas enquanto ela corria freneticamente de um quarto para outro.

— Então você é uma feiticeira? — perguntou Caro. — Você o enfeitiçou?

Mas alguém deu uma risada desagradável, e foi *ela*, displicente e jovem:

— Ovídio enfeitiçado? Ele parece estar enfeitiçado? — Ela sorriu e alisou o vestido.

As mulheres ficaram mais atentas. Caro inclinou-se para a frente. Xênia olhou através do vestido verde para as chamas que lambiam o batente da porta da sala de jantar.

— Mas isso não quer dizer que ela não seja uma feiticeira — disse a mulher de vestido transparente. — Apenas que ela é uma feiticeira ineficaz. Se você é uma feiticeira de verdade, diga-me meu futuro. Não é isso que vocês fazem? Com bolas de cristal e tudo? Tome, aqui está um copo.

— Ah, agora — murmurou Célia, e Flávia franziu o cenho enquanto a mulher estendia um copo de vinho e o fogo começava a entrar na sala.

— Então, o que você vê?

A mulher de vestido transparente sacudiu o copo na mão, mas agora as chamas estavam a um passo, a tinta dourada descolava-se de uma das paredes, tornando suas imagens pretas, fazendo pedaços de estuque começarem a cair.

— Ou precisa de aparelhos especiais?

As chamas lambiam o mosaico negro enquanto corriam pelo chão em direção àquela mulher — mas tão velha, ali de pé imobilizada pelo pânico, com o fogo faiscando em seus olhos.

— Vocês estão vendo — disse ela. — Ela nada vê.

Xênia virou o copo de cabeça para baixo, derramando o vinho — e nesse momento as chamas subiram, atingiram seu vestido, voaram entre seus cabelos. E Xênia disse exatamente o que via.

Nesse instante, Ovídio levantou os olhos; todos fizeram o mesmo. As mulheres tinham os olhos fixos, a mulher de vestido transparente saía aos tropeços da sala passando mal, mas Xênia, com um brilho frio, ajeitava uma concha em seu cabelo.

Quando a festa se dispersou, instantes depois, Caro chamou Ovídio de lado.

— Quem quer que seja o seu patrono, você poderia tomar um pouco mais de cuidado, você sabe.

5

Depois daquela noite tudo ficou calmo, uma calma condizente com os dias frios, luminosos, parados e remotos. Ninguém foi à casa. Marco se distanciou de Ovídio, apenas acenando para ele rapidamente com as sobrancelhas na rua. E Júlio, Júlio era sempre tão distraído. Ovídio só encontrava Caro, de vez em quando, nos banhos. Havia um gelo entre os dois, e Ovídio concluiu que achava aquilo providencial: o mergulho frio depois da sauna. Não se importava que ninguém viesse; eles sempre viriam depois. Estava pronto para trabalhar — tinha um estoque de material.

Extraordinário — descobrir que ela era tão *inflamável* —, quando tudo que ele fizera fora sair e ouvir alguns versos de péssima qualidade. Quando a levara discretamente para casa, Xênia estava gelada, com os olhos vítreos. Ele tivera medo de falar sobre o que ela realmente vira e dissera, e esperara até o dia seguinte. No entanto, quando a questionara, cauteloso, ela não parecera realmente se lembrar de sua pequena indiscrição. Como se algo houvesse escapulido de sua boca, escapulido de sua *alma*...

Ele escreveu isso naquele instante, condensando o pensamento em uma linha fluente, como um pássaro aterrissando na água. *Sua carne queimava, destacando-se dos ossos, e todo aquele vapor sanguinolento*, dissera ela simplesmente.

Ovídio sentiu um calafrio. Ela era realmente capaz de *ver* aquilo? Abaixou os olhos para o próprio braço e sentiu novamente a nuvem que se abatera sobre o salão. *Você poderia tomar um pouco mais de cuidado...*

É claro que Caro não podia realmente saber de nada. Ele era um pavão. Oficioso. E maçante — aquele épico bolorento que Ovídio prometera ler! Desenhou um pavão com um leque de penas ornadas, floreadas, admirou-o contra o sol, e então pensou em Io vigiada pelo pavão Argos, depois de ter sido seduzida por Zeus...

Gostaria que Caro não houvesse se sentado ao lado de Xênia. Um erro: ele é quem deveria ter-se sentado ao lado dela. Imediatamente sentiu calor, os pulsos escorregadios e pegajosos, e apagou o pavão que desenhara.

Quem quer que seja o seu patrono... Mexeu-se na cadeira, pôs o estilo de lado, mais uma vez aborrecido com os entraves do segredo. Não, era sensato, lógico. Um período de experiência, considerando sua reputação. O que mais ele poderia esperar, afinal?

Uma entrevista, pensou, sem ter a intenção de fazê-lo. Piscou, afastando o pensamento. Não, sem entrevista. O quê, com *ele*? Augusto? Absurdo, era cedo demais.

A espirradeira tremeu sob o sol morno de inverno. O filho da cozinheira, Tibo, estava deitado nos seixos de braços abertos, sacudindo os braços e pernas para imitar uma borboleta — ou, considerando sua cabeça escura raspada, um morcego. Da longa sombra da herma, o gato laranja observava. Os olhos de Tibo se voltaram lentamente para o animal, e ele sacudiu um dos dedos negligentemente; o gato fechou os olhos para ele e lambeu os bigodes.

O ciúme dela, pensou Ovídio: não era um ciúme comum, mesmo para uma primeira demonstração. Ele conhecia o ciúme, e a variedade romana que conhecia tão bem geralmente só queimava a pele. Era um motivo de drama, mas havia isolamento demais ali, distrações demais; o ciúme fazia parte da cidade e tinha o seu lugar. Como as Fúrias — que antes viviam nas profundezas da terra, emergindo para fazer os pais devorarem os próprios filhos e os filhos assassinarem os próprios pais, mas que mais recentemente haviam sido trazidas para cima e civilizadas, ganhado uniformes e armas, e sido contratadas para o serviço do Estado.

O ciúme de Xênia não era civilizado. Como aquelas Fúrias mais antigas, estava oculto em algum lugar dentro dela, como aquele sopro de podridão fria vindo das profundezas do chão que a impregnara na noite em que ele a espiara. E diante da mais ínfima traição seu ciúme seria uma coisa assustadora, violenta e imoladora.

Então ele lhe jurara, enquanto voltavam para casa — e fora *sincero*, tudo aquilo fora tão alarmante —, que não fizera nada, que era insensível aos encantos comuns daquela garota de verde. Ficara tão alarmado, que jurara, jurara sobre coisas que realmente estimava, que nunca, jamais chegaria perto de outra mulher. Chegara até a tremer ao dizer isso.

No entanto, o tempo todo podia ver o potencial do ciúme dela. Como se houvesse dois Ovídios: o poeta e o homem.

Mas quando jurara todas aquelas coisas — a paz que aquilo causara nela! Espantoso, uma paz leitosa, que a fizera parecer uma criança reconfortada, segura o bastante para dormir. Ele se sentira — sim — tão aliviado. Sorrira e tocara as pálpebras quentes dos olhos dela, sentira-se derreter de carinho, e carregara seu corpo líquido, sonhador, pelo jardim até a cama.

O corpo sonhador que ele saqueava diariamente.

Olhou, então, para o jardim aceso, para as sombras lançadas pelas palmeiras parecendo plumas, para o menino pequeno, cujos olhos escuros o estudavam como se pudessem ver dentro de seu coração, e Ovídio sentiu uma leve ruptura. Baixou os olhos para a sua tábula, para a sua mão. Esfregou os olhos, esfregou os lábios e sacudiu a cabeça.

Pois ali estava ela, entrando em seu ateliê. Encharcada de sol, com os braços esguios luminosos e o queixo alto orgulhoso, os cabelos faiscando à sua volta. Seus olhos dirigiram-se lentamente para ele e, ao alcançar os seus, demoraram-se naquele olhar como uma solda de ouro.

Circe, pensou ele. Filha do sol. Como poderia *ele* saquear *ela*?

Tudo era alquimia agora, a testa dela se franziu, seus dedos velozes medindo os ingredientes enquanto ela se inclinava sobre o alambique. Declarara estar entediada com futuros e sonhos; já fizera aquilo mil vezes. Agora faria o que estava decidida a fazer: encontrar a *quinta essentia*. O mercúrio brilhante dançava no vidro em forma de ovo...

Mercúrio, *ovo*: muito útil! Palavras com tantos significados. Bastou ele olhar para ela para começar a encher as tábulas de cera negra, sem piscar os olhos, frenético. Se uma palavra destoava, era violentamente riscada, uma pequena casca de cera na ponta do estilo atirada longe com o polegar. Ela trabalhava, ele observava, ela o observava observá-la, e a imaginação dele criava asas. Ela parecia se aquecer sob sua mão febril, dissolver-se, fluir, transformar-se em palavras de cera.

Finalmente Ovídio levantou os olhos, vazio, exausto. O sol baixara, a luz ficara mais fresca. Xênia pousou um frasco de vidro, e seus olhos viajaram até os dele. Então ele a observou enquanto, com os olhos fixos nele, ela vinha deslizando pelo pórtico, com o corpo, de mármore pálido com veios azuis como as colunas, movendo-se para dentro e para fora das sombras. Em silêncio, entrou no estúdio. Esgueirou-se até atrás de sua cadeira e deslizou as pontas dos dedos por trás de suas orelhas; correu a língua fria sobre suas pálpebras quentes, tocando seu pescoço com o bico dos seios. Um pássaro cantava no jardim, um chamado de começo de noite, doce e límpido; as copas das palmeiras farfalhavam suavemente. Ela se moveu ao redor dele, e seus dedos entraram-lhe pelas roupas adentro no ombro e escorregaram em traçados provocantes pelo peito, pelas delicadas dobras da barriga, em direção à cavidade tensa de seu quadril. Entre seus cachos, ao longo de seu pequeno membro sedoso, o toque dela era como um raio. Com seus beijos macios e molhados, ela seguiu os dedos, acendendo as partes do corpo dele uma a uma, até toda a sua consciência ter-se afundado e ele inchado, com o jardim nadando diante de seus olhos, a boca inundada de desejo, e então foi a vez de ela se sentar na cadeira, ele já transformado e de joelhos, cravando os dentes na pele dela. Enquanto suas mãos devoravam aquelas coxas brancas e sua língua penetrava no meio delas, ele ficou mais uma vez maravilhado ao ver como ela se dissolvia, como parecia se transformar em vidro líquido, e pensou, enquanto finalmente afundava dentro dela e nas profundezas do mar, que aquilo era um milagre, um milagre, possuir aquela Galatéia, que voluntariamente, sem medir as conseqüências, se transformava em arte.

Em um dia ensolarado de inverno, com filetes de fumaça elevando-se da cidade marrom, Ovídio rumava para casa através dos ciprestes pelo caminho de granito. Os pés esbeltos de sua *patronnesse* haviam corrido de um lado para o outro enquanto ele lia para ela, seus olhos escuros ardendo e sua respiração rápida: ela estava satisfeita. Ovídio sentira o calor de seu prazer quando a deixara, ao passar pelo corredor escuro e pelo átrio à meia-luz, no caminho para sair do complexo. Então, por que se sentia tão vazio, tão esgotado?

Deveria ser aquela nova vida, concluiu ele ao chegar à porta da frente de sua casa. A reclusão não lhe vinha com naturalidade. Nada de festas, nada de longas noites estendido em salas de jantar, cercado por conversas astutas, encantadores braços nus, competição. Nada de idas estimulantes ao teatro ou ao circo; ele tomava até cuidado ao percorrer as tendas de livros dos gregos. Via pessoas conhecidas nos pórticos, mas lhes virava as costas rapidamente, fingindo distração. O isolamento o ressecava. A beleza precisa de óleo, de polimento, escrevera ele certa vez, aconselhando as moças a arranjarem amantes. Mas aparentemente ele também precisava de óleo: sem polimento, rachava; a língua secava-lhe na boca. Todas as vezes em que via Caro (deus, ainda não lera o maldito épico), descobria-se loquaz e esquivo, enquanto Caro o examinava com seus olhos de opala.

Mesmo assim, ressecado ou não, as últimas semanas haviam sido imensamente produtivas. Terminara seus três primeiros atos, observando Xênia pela janela do estúdio até tarde da noite enquanto ela se dedicava a seu próprio trabalho, isolando elementos, alterando-os com o calor do mercúrio, determinada a criar a luz pura. Tinha dúzias de insetos mortos em um jarro, coletados para ela por um entusiasmado Tibo, sempre enfiado em algum canto ou trepado em árvores, com os olhos atentos e as mãos encardidas prontas. Ela o deixava observar enquanto submetia os mosquitos e besouros mortos aos vapores, calores e raios de luz. Ah, forçaria o mundo a se dobrar à sua vontade, quebraria a regra rígida da natureza! Ovídio perguntou-se o que ela pensava de sua própria transformação, de seu esbelto ventre branco que ia ficando tão redondo, de seus dedos e pés tão rechonchudos que pareciam os de outra pessoa. Algumas vezes ele a via olhando para eles, segurando as mãos na frente da chama de óleo.

Ovídio atravessou o átrio com seu cheiro úmido de terra, sentindo a pele solta sobre seus ossos de avestruz. Passando uma das mãos por cima de folhas parecidas com as do lírio, parou, fechou os olhos e reconheceu que o que sentia eram os primeiros sinais daquela espiral rumo ao vazio... O material vinha escorrendo de dentro dele com mais rapidez, com mais violência do que nunca, fazendo-o levar um susto a cada vez que emergia do transe do trabalho e olhava para baixo para ver o que escrevera. Dia após dia, subira decidido o Palatino, andara de um lado para o outro, lera, e depois ficara calmamente de pé junto à janela enquanto os elogios de sua *patronnesse* choviam sobre ele como ouro — e enquanto ela o incitava a seguir em frente sem trégua. Sempre em frente. Ele se sentia impelido, exausto. Depois de semanas daquilo, podia sentir-se secando.

Foi até seu estúdio e deixou cair seu trabalho sobre a mesa, as tábulas soltas, os rolos de texto polido desenrolando-se de suas fitas mal-amarradas. Era só aquilo, pensou, fitando as próprias linhas. Não havia mais nada por enquanto, nada em sua mente; ele não conseguia começar o quarto ato. Tempo era do que ele mais precisava, disse rapidamente a si mesmo — mas mais do que isso: precisava de mais substância, de mais *complexidade*. Mas o que seria isso, e como formá-lo, simplesmente não conseguia ver. Sentou-se com um dos braços estendidos e olhou para Xênia do outro lado do jardim. Não: já raspara tudo que podia e, embora a encarasse, embora encarasse suas tábulas, não conseguia ver mais nada.

Xênia estava sentada com suas raízes e ungüentos secos, languidamente moendo pós. Ele observou sua mão formar círculos lentamente, observou o subir e descer de seus ombros. Subitamente, ela parou. Segurou o pilão em forma de ovo na palma da mão aberta, fitou-o sem expressão, depois o deixou cair.

Sirocco, pensou ele. Ela estava ficando entediada. Poderia voar.

Do outro lado do jardim, Xênia desenhava círculos desanimados em seu quadro, que mal havia se alterado durante todos aqueles meses em Roma, apesar do acréscimo de algumas cores novas. Pousou a pena e levantou os olhos para Ovídio, que estava sentado olhando para o céu. Forçou-se a ver dentro de sua mente, a ver o que havia ali, o que ela deveria *fazer* — porque, sem dúvida, algo devia acontecer. Ela deveria ser Circe, transformando homens em porcos? Orfeu, fazendo as pedras cantarem? Ou a própria Psiquê, viajando por amor até o outro mundo e milagrosamente encontrando o caminho de volta?

Nada viu, apenas sua cabeça morena magra, seus olhos sem vida. O ar estava pesado e imóvel.

Ele corria a pena para a frente e para trás sobre a mesa; ela quase podia ouvi-lo respirar. Ele levantou os olhos, mas não cruzou o olhar dela. No jardim, as folhas de limoeiro farfalhavam; um pouco de cinza flutuou acima da herma. Ela desenhou outro círculo lento em seu quadro e tomou consciência de seu coração batendo no peito. Viu-se contando as batidas enquanto um vazio árido, seco, se abria dentro dela, e pensou: ele está ficando entediado, vai voar.

Foi quase uma hora depois — quando a luz já se esvaíra do céu, quando Ovídio sentira-se começar a se afastar em espiral, quando as batidas do coração de Xênia haviam se tornado tão altas que ela quase não conseguia respirar — que houve uma súbita batida rápida no biombo de Ovídio. Ele olhou para Xênia através do jardim escurecido; ela olhou para ele através do mesmo jardim. Então Persila apareceu em seu estúdio, falou-lhe com uma voz rápida, baixa, e em segundos o ar ficou elétrico. Pois parecia que o filho da cozinheira estava possuído por algo fantástico, mais do que uma doença, algo protéico e indomável — a tarefa de Xênia, enfim.

6

Drusa, a cozinheira, tinha círculos verdes de preocupação em torno dos olhos quando Xênia subiu correndo até os quartos dos escravos. Tibo estava prostrado, com as bochechas e a testa queimando — sintomas bastante comuns. Mas em seu quarto pairava um vapor subterrâneo que a perturbava, e ao redor de sua boca, que tossia, flutuava um anel branco fantasmagórico — ela nunca vira algo semelhante —, como se fosse o rastro daquilo que mergulhara em seu corpo, como um anel de bolhas deixado na superfície do mar. Sentiu os olhos de Ovídio sobre si enquanto examinava o menino, enquanto consultava seu quadro e fazia suas listas, enquanto reunia suas coisas para sair.

A manhã estava brumosa, com uma doçura ardente no ar úmido, e os troncos dos ciprestes e dos pinheiros na margem da estrada, macios e tenros, com as finas agulhas cintilando de umidade. *Controlar todas as coisas sutis*, pensou ela enquanto passava apressada. *Penetrar todos os sólidos*. Uma infusão de betônica, uma guirlanda de grama-sapo, uma tintura de hera para a tosse, e ela também queimaria unha-de-asno em uma fogueira de cipreste ao lado de sua cama. Se não houvesse betônica ou grama-sapo, sempre haveria pervinca. E ela precisava de mais jarros; precisava coletar o hálito de Tibo e o de determinadas plantas. O ar que cintilava em torno das plantas, ela vinha pensando: talvez a quintessência estivesse ali, naquela fusão sutil de luz e vida... Sentiu-se corada e nervosa enquanto descia o caminho úmido, com o frio penetrando através das botas. Deveria cruzar a praça grande, passar sob o arco e encontrar aquela rua estreita — não havia tantas, havia? Imaginou-se tal Alceste resgatando o marido da morte ou Psiquê jogando bolos drogados para Cérbero poder entrar no outro mundo, ou Circe transformando os animais em homens de novo, ou Dédalo voando de verdade. Transformar as leis da natureza, pensou — tão *mais* do que as leis dos homens. Quando entrou na grande praça com todos os seus pátios, o véu de açafrão parecia esvoaçar sobre seus ombros.

Quando começou a cruzar a praça em direção à Subura, houve gritos, e toda a multidão se aglomerou isolando-a em um dos lados da rua. Figuras escuras emergiram da bruma, gritando e abrindo caminho. Era *ele*, sussurravam as pessoas: o imperador. Sua saúde estava terrível, suas pernas endurecidas pareciam enferrujadas pelo inverno. Ovídio contara-lhe que em sua residência espartana no Palatino ele dormia no mesmo quarto no verão e no inverno — nunca se ouvira falar em tal coisa; os ricos passavam o inverno em um quarto com canos para aquecimento. Mas Augusto era meticuloso, modesto de maneira ostentadora, olhava com desprezo os que não vivessem como ele vivia, que não desnudassem o peito para a mítica austeridade romana. Mesmo sua neta Júlia tivera sua luxuosa residência de verão destruída.

Xênia abriu caminho até o plinto de um templo para poder ver, e ali estavam os guardas africanos, vestidos de vermelho e transpirando no ar frio enquanto gritavam e continham a multidão. Foi quando ele apareceu, Augusto em pessoa, afastando com os cotovelos quem tentasse ajudá-lo, com os olhos ferozes penetrando a multidão como dardos. Seus guardas o precediam e o sucediam, mas não andavam ao seu lado, já que ele não era pessoa de se proteger ou de sentir medo. Pelo contrário, desafiaria a multidão a fazer com ele o que fora feito com César; os olhares penetrantes de Augusto pareciam os fantasmas vingadores das famosas adagas daqueles senadores. Seu rosto estava cinza enquanto ele avançava lenta, penosamente, com os olhos emoldurados por uma pele macilenta. Era um rosto punitivo, o rosto de um velho a vasculhar a terra à procura dos últimos restos do que ela lhe devia. Mas aquele rosto se parecia estranhamente com o de Ovídio, pensou Xênia de repente, com aquele nariz aquilino, aqueles olhos famintos — só que calcificado, enquanto Ovídio era todo líquido. Ao redor de Augusto havia a monotonia da pedra — já que sua imagem da permanência era a pedra pura, ele se enterrava nela gradualmente, deixando apenas os olhos móveis.

Enquanto ela estava ali de pé, sobre um plinto, os olhos dele pousaram sobre ela. Ele a olhou, e ela o olhou, e por um curto instante sentiu que seu véu era retirado. Então ele passou, aquele espectro branco e seus escravos, e atrás dele a vida voltou, a multidão se fez fluida novamente. Xênia enrolou o manto mais perto do corpo e atravessou a praça, passando sob o imenso arco e entrando nas ruas da Subura.

Galinhas cruas, cabras, cabeças de cordeiros — ela tremia, mas ali, pelo menos, estava a encruzilhada certa; reconheceu a lanterna esculpida. Seu coração batia com tanta força atrás de suas costelas enquanto seguia a rua estreita e subia os últimos degraus molhados, que ela se ouviu arfar no ar enfumaçado, doce.

A porta certa: a porta com a janela alta gradeada lembrara-lhe Ovídio. Depois as três batidas, ela esperou, soprando ar quente nas mãos frias e inchadas. Olhou para a rua, para um lado e para o outro, onde se formava uma esquina rumo à escuridão.

Depois de um minuto a porta se abriu e a mulher passou a cabeça pelo vão, como se espiasse de dentro de uma densa floresta.

— Betônica selvagem — disse Xênia rapidamente. — Grama-sapo, azeda. — A mulher desapareceu, retornando com pacotes.

— E peônia.

— Peônia? — perguntou a voz baixa.

— Colhida à meia-noite.

Ela balançou a cabeça.

— Não tenho peônia.

— *Apollinaris*, então. — Aquilo serviria para a dor, uma decocção das folhas ou o óleo despejado em seus ouvidos.

Mas a mulher não estava sequer procurando; em vez disso, seus olhos voaram para trás de Xênia. Atirando-lhe os pacotes, ela balançou a mão, pedindo dinheiro; então, Xênia entregou-lhe as moedas e desceu correndo a rua estreita e úmida.

Após alguns passos, ela olhou por cima do ombro. Havia alguma coisa ali, prateada, rápida?

Não. Era uma manhã brumosa, as ruas molhadas estavam cheias de gatos furtivos. Ela continuou, apressada, recitando receitas, consciente de estar sozinha, e puxou o capuz sobre o rosto para esconder os cabelos vítreos. Enquanto a betônica estivesse fervendo, trançaria os caules daqueles verticilos de grama-sapo. Tinha uma raspa de unha-de-asno seca amarela para colocar sobre um carvão em brasa e queimar ao lado da cama dele. Quase podia sentir seu cheiro agora, aquele cheiro soporífero que penetrava nas narinas...

Não — não era aquele cheiro que sentia. Parou. Não era mesmo aquele cheiro que sentia. Havia algo doce e enjoativo no ar; sentira seu cheiro durante toda a manhã. Viria dos esgotos? Era refinado demais. Parecia acompanhá-la, enjoativo, fazendo seu estômago saltar a cada passo. Ela se inclinou de repente e vomitou, depois saiu apressada, limpando a boca. Era como panteras, selvagem e forte, um cheiro animal, como uma pelagem suada. Aquela simples idéia fez suas entranhas se revirarem novamente, e pôs as mãos na barriga para acalmá-la.

Mas naquele instante, com as mãos sentindo o calor daquela pequena bola, ela percebeu, como se fosse a primeira vez: ali havia um *bebê*, uma coisinha viva, o bebê de *Ovídio* e *dela*. Que choque! Ela estava inundada de calor, um amor terrível que a dissolvia.

O mundo ao seu redor pareceu subitamente diferente, mais claro e mais imóvel. Imediatamente não se sentiu mais sozinha, mas acompanhada por algo invisível, que tanto a sustentava quanto era sustentado por ela, tão peculiar. Era quase embaraçoso, um pequeno segredo quente de extraordinário valor, e a cor voltou-lhe às faces. Basta eu *pensar*, pensou ela, e ele vai ouvir.

Juntou seus pacotes, endireitou o capuz e seguiu em frente, atordoada, como se parte de sua mente houvesse adentrado uma nova sala brilhante, e depois de um instante obrigou-se a prestar atenção, ou iria se perder. Virara em uma rua de coureiros com bolsas, sapatos, peles penduradas em ganchos. Coelhos, vacas, cabras, carneiros: ela olhava para as formas, para os tufos de pêlo, para os cascos desengonçados pendurados. Seus olhos encontraram uma pele de carneiro perfeita, macia e de um branco encerado por dentro, com uma fina rede de veias, a lã macia e penugenta nas bordas. Mas enquanto a olhava os tremores começaram... As marcas das veias tomaram forma, transformaram-se em palavras, pequenas figuras em cores puras, brilhantes: uma menina em miniatura olhando para a própria mão enquanto esta se transformava em uma garra, um menino virando cervo, folhas de acanto e hera enredando-se por toda parte. Tão intrincado, tão lindamente pintado! E as mãos que pintavam — ela as via agora. Mãos rudes de homem, vermelhas de frio, com um calo em um dos polegares, os pulsos desaparecendo em mangas de lã marrom. Podia ouvir cera espirrar e pingar, havia um cheiro de incenso e uma luz pouco familiar. E as palavras eram copiadas com tanto cuidado, as letras modeladas como janelas pontudas, com pequenas abas e asas: *Escreverei sobre corpos transfigurados...*

Xênia parou ali, na rua escorregadia, entre bancadas de peles penduradas. Palavras *dele*. Sua cabeça cintilante, sua mão mercurial: ela via agora o que aquilo significava. Ovídio não era apenas o poeta mais aclamado de sua época; ele seria lido por séculos.

Ela ficou parada nas pedras molhadas, com o corpo balançando. Imagine, ser lido por séculos, por povos inteiramente diferentes, em lugares que ainda não existiam. E se *ele* fosse lido por séculos, então *ela*...

Deslizou, quase voando, pela rua estreita abaixo, através do arco ao lado do grande templo de Augusto, e saiu de novo na praça, estupefata, repleta daquele futuro fabuloso. E — *mirabile!* — ali estava Ovídio, em meio à multidão, com a parte de trás de sua cabeça escura esculpida visível acima das outras, seu manto que sempre esvoaçava. Seu conhecimento recém-adquirido gritava contra seus dentes enquanto ela empurrava as pessoas para alcançá-lo.

Mais uma vez houve acotovelamentos, empurrões, e a multidão se aglomerou para dar passagem a uma liteira de ouro que se aproximava. Delicadamente ornamentada, brilhante de cores, ela flutuava como uma libélula, com todos os olhos pousados nela. Mas só Ovídio parecia ver dentro da liteira, através de suas cortinas de seda, e sorriu como se experimentasse um prazer secreto. A liteira parou e foi abaixada. A cortina foi aberta rapidamente por uma mão esbelta e coberta de jóias, e Xênia viu Ovídio sair da multidão, segurar aquela mão e subir.

7

Ovídio ficou assombrado com o caráter fortuito daquele acontecimento — algo inteiramente não planejado, algo que ele nunca pensara em planejar. E, no entanto, como era conveniente, como era perfeitamente poético. Assim que Xênia saíra de casa para dar início ao que imaginava ser sua missão, a fase seguinte começara sozinha: pois ele não tinha idéia de que ela estaria ali, na praça lotada, até a liteira ser levantada e, antes de a cortina de seda ser rapidamente fechada, ele ver seu rosto branco emoldurado.

Quando voltara naquela noite, com o nariz ainda frio, pudera ver que Xênia estava diferente no instante em que ela entrara na sala de jantar, mas ela nada dissera. Aqueles olhos... estavam duros e vítreos, distantes. Mais uma vez ela estava gelada. Aquilo o deixara nervoso, deitado em seu divã, beliscando sua codorna assada com passas. Ele pegara uma asa e hesitara por um instante, perguntando-se se ela realmente poderia sofrer tanto assim por *ele*.

No entanto, lembrou a si mesmo, ele nada fizera.

Um jantar sem palavras. Seus olhos a observavam cuidadosamente, esperando, e desviavam-se para as paredes pintadas.

Boas para o silêncio, aquelas paredes; aquelas histórias todas distraíam. Ele cantarolou.

Finalmente, depois de brincar um pouco com a boca, ela falara. Mas o que saíra finalmente fora uma observação elaboradamente tortuosa que trazia bem dentro de si, como um jarro numa corrente, um instrumento destinado a capturar o que ela queria: ele viajava com freqüência em liteiras e, caso viajasse, com quem o fazia?

Houvera um silêncio durante o qual o ar da sala de jantar parecera se alterar, como se as paredes pintadas houvessem dado um passo para trás, lançando sobre ela um olho interessado. Ele a fitara, com os lábios afastados na mais seca sugestão de um sorriso, e sentira as linhas da testa subirem em ondas sobre seus olhos fascinados enquanto ele adentrava aquele papel antigo, conhecido.

— Se eu viajo em liteiras — dissera. — Não o bastante. Mas você sabe como gosto de caminhar. — Ah, que esperteza. Ele pudera ver como ela mordera a língua para não continuar a perguntar.

— Mesmo assim, algumas vezes... — Ele comera um pedaço de codorna. Levantara os olhos para ela. — Está gostando?

— De quê?

Ele indicara a comida. — Da codorna. Do molho, quero dizer. Roubei-o de Marco.

Ela aquiescera e pousara o prato, e olhara através da parede com aquele olhar.

— Marco, por exemplo — continuara ele. Ela se virara. — Ele sempre usa uma liteira. Mas você sabe, Marco é tão gordo.

Cruel demais! Ela não poderia ter visto muito — tudo fora rápido, escuro demais —, mas sem dúvida vira alguma coisa. E nenhuma parte do corpo de Marco podia aspirar a ser a esguia mão morena que fechara aquelas cortinas.

— É claro — dissera ele afinal —, há o meu patrono. Na verdade, dei um passeio hoje mesmo. Que delícia. A pessoa se sente — como posso dizer... — praticamente endeusada. Carregada acima de todas aquelas cabeças como acima de uma camada de nuvens escuras...

Que par de reações! Um sorriso longo, deslizante, sinuoso — e depois gelo de novo quando ela percebera o problema. Transbordante de excitação — como adorava aquele magnífico modelo! —, ele pusera os pratos de lado, caminhara até ela com passos longos, abraçara-a e dera-lhe um beijo quente no pescoço. Pois com aquela única palavra verdadeira que pronunciara, *patrono*, ele a deixara transformar sozinha uma jovem mulher em um homem velho. Agora ela precisaria alterar a palavra para servir a seus propósitos: precisaria transformar aquela esguia mão morena em uma garra marrom ressequida, o que era impossível.

Assim, com aquela pequena falta de culpa, com aquela falta de *malícia* da parte dele, estava feito: a fase seguinte da transformação começara. De larva a pupa envolta em seda, pensou ele, e logo teremos a própria imago. Mal podia esperar para começar a trabalhar. Parecia que não precisava fazer quase nada: a maravilhosa criatura criava tudo sozinha. Mais uma vez apertou-a e beijou-a, excitado e grato, conseguindo só com muito esforço deixar de lhe falar sobre aquele maravilhoso desenrolar dos acontecimentos, controlando-se com um espasmo nervoso.

8

Em uma fria manhã de inverno alguns dias depois, com o céu tão pesado de neve que ele imaginava poder estender a mão e tocá-lo, Ovídio a estava seguindo, como era agora seu hábito, enquanto ela fazia suas compras furtivas para Tibo. Desde que o vira na praça, ela parecia ter-se obrigado a acreditar que estivera errada, mas ele podia ver como ela ainda resistia, mas como também resistia àquela mesma resistência e, assim, como sua alteração continuava. Ele caminhava sobre as pedras escorregadias, mantendo-a a uma curta distância na sua frente. Que sorte ele ser alto — de outro modo poderia perdê-la entre todas as cabeças cobertas. No entanto, nunca sabia quando ela poderia parar subitamente e olhar para trás por cima do ombro. Muitas vezes tinha que se esconder em um beco, abaixar-se, encostar-se em uma parede úmida.

Certa vez, enquanto observava de trás de uma fonte, ele a vira parar e olhar, surpresa, para o ar vazio. Aquilo o fizera sobressaltar-se por um instante, seguir seu olhar, mas ele nada vira de notável. Então, depois de se esgueirar cuidadosamente atrás dela mais uma vez — com um rápido passo para o lado atrás de uma coluna quando a multidão diminuía o passo e se aglomerava para olhar as lojas, e ela era tão facilmente distraída pelas coisas maravilhosas nas vitrines —, ele a observara percorrer sem rumo os caminhos do jardim atrás do Panteão. Ela se movia como um vaga-lume seguindo seu próprio caminho secreto. Ele sabia que, naqueles blocos lisos de mármore, sobre os quais todas as outras pessoas caminhavam sem pensar, havia coisas invisíveis que a retardavam. Ela parara uma ou duas vezes, sem nada visível diante de si, mas segurara o vestido e examinara o local.

Outro dia, postara-se diante dele e dissera:

— Gêmeos. — Só isso, afagando a barriga.

— Como sabe? — perguntou ele, conciso. Ela o fitou, incrédula.

— Eles estão bem aqui! — exclamou ela, lançando as mãos à frente do corpo, como se apenas um tolo não pudesse ver. — Começaram a falar — acrescentou, e apenas sorriu e cantarolou quando ele perguntou o que diziam.

Então Xênia parou na base do teatro e olhou para cima, para sua lateral de mármore curva, para todos os seus altos arcos tripartites. Enquanto ele observava, ela fez um movimento rápido, estranho, praticamente se protegendo com o braço. Alarmado, ele olhou para cima, quase esperando ver aquele esplêndido monstro de mármore despencar lá de cima, mas ali estava ele, sereno como sempre, com o céu espesso e imenso quase imóvel atrás dele. Enquanto isso, ela controlara o movimento e cuidadosamente recolocara o braço do lado do corpo.

Ovídio olhou para o ar, para o vazio, mais uma vez. Procurou com toda a força de sua genialidade, tentando extrair dele um pouco da substância sutil que ela via. Se pudesse *ver* tais coisas como ela via — se pudesse apertar os olhos e o mundo revelasse a ele camadas inteiramente novas... Fitou o teatro, a praça à sua frente com seu chão calçado. Se ao menos tudo fosse um pouco mais maravilhoso, seria suficiente. Se os corpos humanos não fossem sempre simplesmente corpos humanos, com os mesmos tamanhos, as mesmas cores, arrastando-se pelo chão. Se o mundo se abrisse por um instante — se um peixe pudesse nadar entre as colunas, ou uma mulher subir pelas nuvens, ou uma sombra correr gritando por aquela matéria comum e sem brilho, deixando tudo transfigurado em seu rastro...

Mas o mundo não se alterava; não tremia nem se partia nem se transformava diante de seus olhos ávidos. Permanecia imóvel, obstinado, denso. Os mesmos arcos, as mesmas janelas monótonas a observá-lo, os mesmos movimentos e a vida diária dos humanos, todos os passos sobre a superfície dura. Enquanto Ovídio, inutilmente, só conseguia ver aquilo, um sentimento feio surgiu dentro dele, entrando por suas narinas feridas e vermelhas.

Quando tornou a olhar, havia perdido Xênia. Bateu com os pés no chão e soprou as mãos. Talvez ela o houvesse visto — talvez até o estivesse seguindo naquele instante. Ele alterou o passo, virando-se para os lados. Podia muito bem imaginá-la observando-o com aqueles olhos orgulhosos, ciumentos.

Passava da hora do almoço e fazia muito frio, não havia neve, mas o pesado céu cinzento cuspia uma fina chuva de granizo. Ele teria que se apressar; estava sendo aguardado; estava atrasado.

Naquela noite, Ovídio sentiu a umidade gelada penetrar suas roupas, passar pela lã e pelo linho, e alcançar sua carne trêmula, enquanto seguia apressado para casa sob o granizo.

Um sentimento de mau agouro, tão profundo quanto o frio, percorreu-o enquanto ele escorregava, praguejando, pela rua escura — um descontentamento que ainda não conseguia definir. Fora algo que sua *patronnesse* dissera, em seus esplêndidos aposentos, algo que lhe tocara os ossos. Ele estava de pé lendo o ato quatro, só às vezes se deixando levar e admirando o que escrevera, o resto do tempo muito tenso. Mas, enquanto ele lia, ela fora lentamente enlevada; ele não pôde evitar ver aquilo. Enlevada, com um curioso sorriso no rosto. Ele começara a ficar eufórico, a sentir aquela incandescência. Sucesso, sucesso! Aquela sensação de ser carregado para cima entre as nuvens, para cima rumo ao éter... Mas então ela dissera aquilo, e ele sentira uma pontada no peito e fora puxado para baixo.

Ele bateu na porta, foi acolhido por Persila e depositou suas roupas molhadas em seus braços descarnados, parecendo asas. Enrolado em um cobertor, segurando um cálice de vinho quente com especiarias, foi para seu estúdio andar de um lado para o outro. Quando a primeira onda de calor começou a subir-lhe pelos pés, pelo nariz e pelos dedos doloridos, dirigiu-se até a janela. Olhando para fora com cuidado por trás da cortina, viu Xênia do outro lado do jardim, com o rosto branco e concentrado sob a luz da lamparina. O frio saía de seu corpo queimando, quase como uma febre, e aquele sentimento descontente criava fortes raízes em suas costelas. Ele deixou cair a cortina e se sentou.

Muito bem, *o que* ela dissera, aquela sua *patronnesse*?

Ele estava ali de pé, naquele quarto quente, iluminado, com seu mosaico marinho sob os pés — não, na verdade estava andando; achava impossível ler em voz alta parado. Andando com movimentos vigorosos sobre aqueles búzios e estrelas-do-mar, ele próprio ficara enlevado por um instante. E então terminara; sua voz silenciara no meio da segunda cena. Houvera um silêncio, durante o qual ele ficara de frente para a janela, mordendo o grosso interior da própria bochecha. Aquela espera

era nauseante; ele hesitava entre se importar profundamente e não se importar nem um pouco com o que ela pensava.

Mas então ela emitira um som, um pequeno grito rouco, e quando se virara estava completamente acesa. Uma torrente de elogios, um jorro, encharcando-o de prazer. Depois uma rápida sucessão de sugestões hesitantes, tão leves que ricocheteavam em sua pele grossa. Mas depois, com as palavras ecoando no ar, ela inclinara sua bela cabeça morena e olhara-o com atenção.

— Ela é real — dissera. — Essa sua personagem.

Ele tivera um sobressalto. Ela sabia?

— Quer dizer que *parece* real — sugerira ele.

Ela apenas sorrira, lenta como um códice a se desenrolar.

— Sim — dissera por fim. — Ela *parece* tão real. Como se... — e naquele ponto seus olhos haviam executado aquele truque de se apertar e se desviar para outro lado — ... como se você realmente a visse. Como se a tocasse. Como se soubesse até... o gosto que tem.

Jogara os ombros ao dizer isso e soltara uma pequena risada, parecendo particularmente animada. Parecia que algo estava logo debaixo de sua pele, algo que despertava para a vida naquele exato instante, e seu intenso calor brilhava através de suas faces. Ovídio percebeu de repente que ela parecia ter sua própria opinião sobre aquele assunto, como se a sombria corrente dele não fosse a única a fluir...

Ele controlara a própria expressão. Ela agora estava jubilosa, extática. Jogara a cabeça para trás, levantara as mãos, estendera diante de si uma perna envolta em seda.

— Isso é um elogio! — gritara ela.

Um elogio. A palavra ecoara durante todo o caminho para casa nos ouvidos de Ovídio, vermelhos e queimando sob a chuva de granizo. Um elogio dizer-lhe que ele era incapaz de inventar. Que era um copiador. Que o mundo à sua volta ficara seco e prosaico. Que ele se tornara totalmente dependente, pouco melhor do que o próprio público, do que quer que aquela criatura do outro lado de seu jardim pudesse revelar — aquela criatura que ele velhacamente roubara e plantara diante de si, imaginando que ela fosse uma flor de rara beleza.

Coisa que, pensou ele então, rangendo os dentes, ela *é*. Bela e terrivelmente rara. Com aquela língua astuta e aqueles olhos ambíguos que penetravam sua carne como apenas outro par de olhos já penetrara. Ah, deus, bela, sim. E rara, e rara, e rara...

Mas *roubada*? Ele não *a* roubara. Levantou-se, voltou para perto da janela e ficou ali respirando pesadamente em cima das cortinas densas, cor de sangue. Detestava o cheiro da lã; torceu o nariz. Com um dos dedos, afastou a cortina para o lado, apenas o suficiente para um olho penetrante. Ali estava Xênia, iluminada pela luz da lamparina de seu quarto, sentada na beira da cama. Parecia estar cantando para si mesma — não, para sua a barriga. Para a coisa dentro de sua barriga. Ou *coisas* — gêmeos, de verdade? Já falando? Ele fechou os olhos.

Mas logo, relutante, voltou a olhar. Ao lado dela, sobre a cama, algo queimava lentamente, fazendo subirem baforadas de fumaça rosada. Ela se virou para a fumaça, com a mão ainda levantada no ar, e inalou, e pareceu aprovar.

Ele apoiou a testa no marco da janela. Sim, era dependente. Simplesmente transcrevia o que acontecia diante de seus olhos. Não podia evitar.

Quando partira de Roma, na primavera anterior, nunca esperara nada desse tipo. Na verdade, disse a si mesmo de repente, abrindo os olhos com um movimento brusco, ela própria começara tudo aquilo. Sim. Lançara encantamentos, desde o início; atraíra-o para si. Provavelmente desde o Egeu. Lera todos os seus trabalhos. Estivera esperando ali, *desejosa*. Pois sabia como fazer aquele tipo de coisa demoníaca — só deus sabia *o que* ela sabia. Parecia até sugerir naqueles últimos dias, com olhares de soslaio maliciosos, que sabia aquilo que ele queria tão terrivelmente saber, mas tinha medo demais de perguntar. Se ela não tivesse feito tudo que fizera, ele poderia simplesmente ter voltado, deixando-a para trás como uma concha perfeita sobre a areia.

Mas ela *fizera* aquilo tudo, então ele não voltara. E o que *ele* fazia com ela, afinal? Nada: simplesmente a observava enredar-se em si mesma, e ela ansiava por aquela observação. Como ele poderia resistir? Sentiu-se endurecer; sentiu-se aliviado. Então: o fato de ela, ali, do outro lado da gélida noite molhada, fazendo e ouvindo e vendo o que quer que visse — de ela dever ser quem era, e como era, e de onde era; e da outra, lá em cima em seu quarto, dever ser exatamente quem *ela* era, e representar o *seu* papel, independentemente de sua própria opinião sobre o assunto. Uma princesa e uma feiticeira... Tudo ia se encaixando no lugar à sua volta, tão suavemente como neve silenciosa e macia.

9

Xênia estava sentada no lavatório cheio de ecos dos banhos femininos alguns dias depois, com os olhos fixos na expressão desdenhosa de mármore de uma estátua, pensando intensamente em Tibo. Com o canto dos olhos podia ver as duas mulheres sentadas à sua direita — mulheres nobres, com os braços tremeluzindo de ouro enquanto falavam da vida alheia, com apenas imperceptíveis sinais do que acontecia abaixo de suas cinturas, uma vez que passavam por seus semblantes. Ela fechou os olhos, mas abriu-os imediatamente. Alguém sempre parecia estar olhando.

Depois de usar as guirlandas, de inalar a unha-de-asno e de engolir a betônica, Tibo finalmente parara de tossir, mas ainda tinha febre, e a dor de cabeça que o fazia pressionar os punhos contra as têmporas, e aquele estranho anel branco em torno dos lábios. Agora, o que quer que houvesse penetrado em seu corpo estava operando em sua boca: sua língua era como um morango, escarlate e salpicada de branco. E aquele vapor subterrâneo ainda pairava em seu quarto; ela podia vê-lo flutuar em suas narinas, em suas orelhas vermelhas e quentes, espesso como a bruma sobre sua língua. Ele sequer começara a se dispersar —

ela não podia acreditar — apesar de tudo que fizera. O menino se contorcia com a dor de cabeça, e ela só conseguia ficar ali parada, consternada.

Mais uma vez percorreu sua lista mental de remédios e curas que, uma após a outra, haviam sido inúteis. Um espasmo de tremor percorreu-lhe o corpo.

Além disso, Ovídio mentira.

Imediatamente aquela aterradora chama surgiu, aquela escuridão inexplicável a envolveu, e ela fechou os olhos, enterrando as unhas na palma das mãos.

Mas então sentiu dois pequenos chutes nítidos. Olhou para baixo, espantada. Pois ali estava aquilo de novo, vindo do nada: aquele derretimento que começava no coração e se espalhava por seu corpo, como o sol derramando-se sobre o horizonte, ocultando seus pensamentos, puxando-a para cima da terra negra que a prendia, puxando-a para baixo do céu seco ansioso, colocando-a aqui, nesse globo de vida quente.

— Logo — sussurrou ela. — Logo.

Mas alguém estava observando? Apenas a estátua parecia sorrir com afetação, mas ela sentiu um olhar sobre a pele. Foi apressada até o vestiário, pôs suas coisas emboladas em uma prateleira e caminhou nua pelo chão de ladrilhos molhados até os banhos.

Suspensos na água, ali estavam as cabeças e ombros das mulheres, seus seios boiando, seus cabelos enrolados em cachos elaborados. Os espirros de água ecoavam; havia uma calmaria e um zumbido matutino. Os peixes do mosaico do teto, as lagostas, as estrelas-do-mar e algumas enguias rápidas refletiam-se na superfície da água, parecendo nadar. Xênia atirou-se na água, e, durante um instante, estava novamente deslizando entre as ondas verdes, vendo todas as cores de pavão que pairavam acima de Ovídio escondido nas dunas, vendo novamente como ele a observava, fascinado. Fechou os olhos e deu algumas braçadas lentas; quando subiu à tona, viu uma mulher olhando para ela, uma mulher com cabelos tingidos de hena presos acima da cabeça.

— Você consegue ficar muito tempo debaixo d'água!

Célia? Flávia? Célia.

— É a prática...

— Ah, sim, você vivia perto do mar.

Ela era mais velha do que parecera na festa, e agora parecia simples, maternal, sem suas roupas e jóias. Percebeu que a estava encarando e riu.

— Desculpe — disse ela —, mas você é tão loura. — Ela fez uma pausa. — Não falta muito agora, falta?

— Gêmeos!

Mais uma vez Célia riu, nervosa, e pareceu prestes a dizer alguma coisa, mas não disse. Levantou um braço para que a toalha lhe fosse passada e, saindo da água, sorriu para Xênia, um sorriso observador.

— Então terá que tomar duas vezes mais cuidado — disse ela.

Afastou-se em silêncio, e Xênia ficou boiando, enjoada com o balanço, com a água negra estendendo-se por léguas debaixo de si. *Cuidado*. Sentiu começar aquele estrondo em seus ouvidos, sentiu-se começar a se perder na escuridão. *Traiçoeiro*. Alguém mergulhou naquele momento, houve um súbito movimento violento da água, e a garganta de Xênia se contraiu. Ela saiu da água aos tropeços.

Outras mulheres olharam para ela, que se virou e ficou de frente para a parede, forçando-se a controlar a respiração. Pôs as mãos na barriga, mas depois de um instante as pousou, em vez disso, de leve sobre a água.

Ovídio, pensou.

Publius, Ovidius, Naso.

Aquele olhar ainda os ligava, como sangue dos deuses em suas veias.

Preciso de você.

O que aquela mulher sabia sobre o que quer que fosse?

Xênia saiu da água, secou-se rapidamente, pôs o vestido e amarrou as botas, subitamente forte de novo, heróica. Agnocasto, heráclео. Saiu para o frio.

Andando rumo ao norte, dando a volta no Panteão e passando pelo Obelisco de Cleópatra, chegou ao ponto onde ficava o altar da paz de Augusto, uma magnífica caixa esculpida. Uma exuberante mulher de mármore, um cisne a seu lado, bebês rechonchudos, pequenas flores desdobrando-se ao redor... A carne de mármore era tão apetitosa, tão lisa e polida, que Xênia correu os dedos pelo braço roliço, pela delicada curva da barriga. Ao tocar a pedra, imagens de séculos futuros começaram a cintilar diante dela: uma moça de mármore, correndo, frenética, disposta a deixar os próprios braços cobertos de penugem virarem varetas e galhos em vez de serem capturados, um rapaz pintado suspenso no ar, com as asas derretidas, as penas caindo... O trabalho de Ovídio, mas pintado em paredes, em tetos cheios de uma brilhante luz cor de damasco e nuvens cor de ardósia; salas de estátuas, com sua carne de pedra viva, capturadas no instante da transfiguração. Xênia forçou o mundo à sua volta a ficar claro novamente: a caixa de mármore, o chão frio, as pessoas passando.

Então não era apenas que suas palavras viveriam por algumas centenas de anos; era mais do que isso. As coisas corpóreas, efêmeras do mundo eram transformadas por ele em palavras — e essas próprias palavras seriam pegas, milênios depois, por outras mãos, outras mentes, e transformadas mais uma vez em corpos voluptuosos de cores e mármore. Sublimação.

Xênia olhou para sua mão trêmula. Nunca sonhara com tanto. Aquele homem, aquele poeta... Ele era um deus, viveria para sempre. Baixou os olhos para seu corpo, transfigurado por ele, para *ela*, que seria transfigurada. Crianças nascidas de ovos de ouro! O que Célia quisera dizer com *cuidado*? Ela não sabia de nada.

Xênia caminhou ao redor da grande caixa até se acalmar, estudando as imagens esculpidas, as fileiras de romanos graves, os animais de mármore sendo conduzidos ao altar. Sentiu o cheiro pesado do incenso no ar, o cheiro doce de mirra. Mas debaixo das pedras a seus pés, misturado com o incenso, parecia subir o cheiro de sangue.

Diziam que os campos da Itália haviam sido encharcados de sangue durante as guerras civis, antes de Augusto se tornar Augusto e dominar a cidade e o mundo; pedaços de ossos romanos e fragmentos de crânios eram encontrados pelas enxadas dos agricultores que partiam pedaços de terra. Depois de as guerras terminarem e de Augusto se tornar imperador, a matança fora mais discreta; centenas de senadores haviam sido arrancados como ervas daninhas, em silêncio, noite após noite. *Corte os pulsos, por favor, em uma banheira de água quente*, pedia o mensageiro noturno. *Esperarei até que termine*. Ela podia sentir aquele sangue chapinhando sob seus pés agora, borbulhando quente através das pedras do calçamento.

Aquelas guerras e proscrições haviam acontecido quando Ovídio era menino; sobre a lembrança de todo aquele sangue, o imperador colocara placas e mais placas de mármore. E com o mármore vieram as novas leis: Augusto diminuíra drasticamente o número de romanos, especialmente de patrícios, e portanto eles precisavam ser substituídos. Daí a seleção de jovens camponeses promissores que iriam para a cidade ser transformados em romanos de verdade; daí as leis punindo o celibato, o adultério, a falta de filhos e o casamento entre romanos e escravos.

Todas aquelas leis morais, pensou ela, quase rindo. Fazer Ovídio queimar seus trabalhos! Mesmo assim ele viveria por *milênios*! Ela correu um dedo pelas procissões de romanos de mármore, tão complacentes, tão tranqüilos. Certamente não se poderia saber, olhando para isso, sobre todo o sangue, pensou. Não se poderia talvez sequer saber sobre os animais, os milhares de animais abrigados sob as ruas da cidade até serem soltos, famélicos, para devorar criminosos aterrorizados ou serem mortos a golpes de lança nos espetáculos do imperador. Milhares de animais, até mesmo avestruzes e uma ou outra girafa, além de todas aquelas panteras. Ela imaginou as criaturas trazidas desde a África, leões cor de areia rugindo inquietos em jaulas sujas, uivando por sua perda, panteras esfomeadas andando de um lado para outro em nichos escuros, com os olhos vermelhos e opacos. Praticamente podia ouvi-los se mover; podia sentir o cheiro de seu pêlo doente, suado. Olhou para baixo, para os próprios pés, como se pudesse ver uma rachadura no calçamento, um par de olhos selvagens, desesperados, olhando para cima.

Parou; virou-se: *onde* estava? Atrás dela?

Mas é claro que não havia nada, apenas os olhares dos passantes e aquele cheiro pairando no ar. Ela levantou o manto até acima do nariz e seguiu em frente, cautelosa, e, enquanto caminhava pela Flamínia cada vez mais vazia, sentiu os gêmeos dentro de si, com seus quatro olhos mirando à frente.

Quando chegou em casa, o sol já estava se pondo. Ela fora longe, a lugares onde nunca havia estado, mas não encontrara nenhuma *apollinaris*, nenhuma peônia, nenhum heráclea, apenas olhos escuros em portas entreabertas, olhos observando-a na rua, seus próprios olhos queimando de concentração enquanto se movia pelos becos como se fossem passagens do outro mundo. Alceste, pensara com fervor enquanto seguia apressada — a Sibila, e Circe, e Psiquê. Sentia-se pesada, com as mãos e pés inchados e azuis, quando chegou à porta da casa de Ovídio. Mas Psiquê, lembrou-se, também estava grávida quando fez seus trabalhos para Amor. E seu bebê foi batizado de Prazer...

Xênia girou a dura maçaneta de bronze, mas assim que entrou no átrio parou: ele estava tomado por alguma coisa, pela presença recente de alguém. Ficou parada, com os braços ao longo do corpo, os dedos tocando o ar. Uma leve linha corria da porta até o biombo do estúdio de Ovídio, vermelha e quente, como uma nuvem de sangue na água, ainda se dissipando. Era uma mulher: Xênia sabia pelo cheiro e pela sensação na própria pele. Uma mulher *poderosa*. A casa fora dedilhada, como por uma nova mão hábil.

Olhando além da baixa piscina quadrada e do emaranhado de plantas para o biombo do estúdio, deu-se conta de que Ovídio estava escutando.

10

Ovídio ficara chocado com aquela batida peremptória, pois havia meses ninguém visitava a casa. Enquanto Persila ia abrir a porta, esperara, sem respirar, atrás de seu biombo. Então pudera sentir o cheiro do luxo; ouvira um ruído de seda. Houvera uma pausa; ele ficara tenso. Seria *ela*? Estaria de pé no átrio, examinando o jardim revolto? Afogueado, ele se levantara, derrubara a cadeira e a vira pela fresta de seu biombo, com os esguios braços morenos enfeitados com cobras de ouro, os cabelos negros avermelhados arrumados em cachos com longas agulhas. Ela deixara os olhos passearem pelo estúdio dele.

— Você tem coisas incríveis — dissera por fim. Um dedo comprido afagara o flanco pintado cor de pérola de uma ninfa, mas seus olhos já estavam espiando com interesse ao redor de Ovídio, no jardim e em direção à outra ala.

Ele deve ter parecido desconcertado, ainda com o estilo na mão, com os longos dedos arqueados de forma protetora acima da cera fresca de uma tábula. Ela reparara em sua postura estranha e aproximara-se.

— Interrompi você. Mas pensei que seria mais simples trazer eu mesma. O caminho não é longo, como suponho que você saiba. São só algumas idéias sobre o que leu para mim da última vez.

Entregara-lhe uma tábula com uma fita vermelha em torno e, depois de olhar em volta por mais alguns minutos agonizantes, partira. Então, apenas instantes depois de a porta ter-se fechado atrás dela, a própria Xênia voltara. Entrara murmurando consigo mesma, depois se calara abruptamente. Ovídio percebera que estava suando e que suas palmas mostravam-se escorregadias. Sentira-se como um menino pequeno encolhido dentro de um armário, com as orelhas em pé e os olhos brilhantes, culpado, esforçando-se para acompanhar os movimentos de Xênia. Realmente pudera *senti-la* sentindo. Em sua mesa, com o coração batendo, pudera vê-la pelas frestas de seu biombo, braços abertos ao lado do corpo, tocando suavemente o ar em busca de pistas, com o rosto lívido em suas visões. Tudo que pudera fazer fora esperar. E quando, depois de um tempo enjoativamente longo, ela finalmente bateu em sua porta, ele deu uma risada alta, balançando a cabeça de um lado para o outro de um modo afetado, estendendo um dos braços em boas-vindas.

O aposento pareceu repentinamente quente, febril, e ele corou no meio do sorriso, certo de que ela podia senti-lo. Abaixou a cabeça para ser acariciado por ela e percebeu que seu couro cabeludo estava úmido. E então, apesar do sorriso sonolento que forçara nos próprios lábios, apesar da pressão de sua cabeça contra a mão dela como a cabeça de um cão, apesar das pernas esticadas para simular abandono, percebeu a própria mão em cima da mesa, tremendo. Ela a tocou com um dedo frio, e ele observou aterrorizado enquanto sua própria mão se imobilizava.

Depois de alguns instantes, com uma leveza terrível na voz, ela disse:

— Alguém esteve aqui.

Ele levantou os olhos, com um canto da boca elevando-se involuntariamente.

— Sim, de fato. — Compondo-se, examinou-a, segurando-a com os braços esticados entre as próprias pernas. — Mas como sabia disso? Acabou de entrar em casa; sequer viu Persila. E duvido que meu visitante tenha deixado pegadas.

Ela não prestou atenção na pergunta.

— Mas — disse ela instantes depois, compungida —, não sei *quem* era.

— Não sabe? — Ele tornou a se reclinar na cadeira e olhou-a com um sorriso fraco.

Depois de alguns instantes, ela se desvencilhou do abraço das pernas dele.

— Sei que era uma mulher — disse ela, e pôs a mão na barriga para aparar um chute que ele pôde ver. Com os dedos estranhamente retorcidos, ela levou as mãos para trás.

— O fato de você saber que meu visitante era mulher — disse ele, com os próprios dedos se contraindo — é impressionante. Pois realmente era. Como imagino que ainda seja. Ela estava apenas entregando uma carta, no entanto. — E apontou com o queixo para a escrivaninha, sobre a qual jazia uma tábula envolta por uma fita vermelha.

Xênia mal pareceu resistir a estender a mão e se apossar da tábula. Permaneceu onde estava, com as mãos para trás, a língua movendo-se rápida sobre os dentes, e pôde ver o erro que cometera, como mais uma vez encurralara a si mesma em pressuposições: a de que apenas escravos traziam mensagens, como apenas homens eram patronos. E como, cometendo esse erro ao mesmo tempo que sabia o que seus sentidos lhe diziam claramente, não podia evitar pensar que ele a enganava.

Aquilo o deixou tonto, a maneira como tudo acontecera, a maneira como ela se enredara e tomara forma diante de seus olhos.

Aquilo ocorrera duas semanas antes. Xênia ainda estava lutando com o filho da cozinheira; ele a ouvia subir e descer as escadas que rangiam, via-a fervendo e amarrando e moendo, limpando marcas oleosas do rosto. Ela parecia estar coletando hálito, enchendo seus aposentos com jarras fechadas de vapor. Curioso, pensou ele. No entanto, aquilo o deixou ligeiramente nervoso; o que poderia haver dentro daquelas esferas enevoadas? O que quer que estivesse dentro do menino iniciara uma espécie de corrosão, surgindo agora em sua pele sob a forma de marcas e bolhas. Ela parecia cada vez mais ultrajada — como queria que o mundo se dobrasse à sua vontade! Parecia acreditar que aquilo era sua missão, sua Hidra que deveria matar, seu Minotauro — uma idéia que previra ou conjurara, como previra ou conjurara tudo aquilo. Mas essa Hidra tinha um milhão de cabeças, essa névoa nada tinha dentro de si: crianças nunca sobreviviam à febre vermelha. Era apenas uma questão de tempo.

Ele podia vê-la se alterar. A mudança algumas vezes brilhava em seus olhos; podia jurar que até saía pelas pontas de seus dedos e a alarmava, como se fosse algo estranho a seu corpo, como se não fosse realmente ela.

Alguns dias depois daquele incidente em seu estúdio, ele chegara em casa com um presente de sua *patronnesse* — apenas uma pequena coisa, dissera ela, para fazê-lo avançar. Era um estilo de ouro e marfim, um tesouro — liso, elegante e extremamente afiado. Ovídio, é claro, reconhecera imediatamente seu potencial — presentes estão sempre carregados de significado, suas fitas conduzem aos dedos de quem o oferece —, mas, fora isso, seu coração pulara de simples deleite diante de sua beleza.

Ele estava em seu estúdio explorando as linhas imaculadas que traçava na cera, gostando imensamente de como ele cortava a superfície como água, imaginando-se deslizando sobre o mar, quando sentiu Xênia bem do lado de fora, no jardim fresco e ensolarado, observando.

Hesitou por um instante, espantado, sabendo como o mundo devia se mover e tremer diante dos olhos dela, enquanto ele ficava ali sentado, brincando com seu brinquedinho. Sentiu, mais uma vez, o abismo frio que havia entre eles, que a colocava acima dele em um mundo mais transparente, mais valente, e o deixava preso em meio aos sem brilho, aos impregnados pelo tempo. Mais uma vez sentiu-se endurecer.

Não deu mostras de que a vira, sequer um alçar de sobrancelhas. Consciente de sua forma longa, elegante e celebrada, e do efeito que sempre tinha sobre as mulheres, Ovídio deixou-se ficar na pose que ela vira, naquela pose de prazer secreto, *significativo* com seu precioso presente novo. Correu o dedo suavemente por sua lateral lisa de marfim, como o correria pela coxa nua de seu amor; abaixou as pálpebras, com a ponta do dedo circulando lentamente a ponta de ouro, e sorriu de leve, como se lembrasse de algo mais íntimo; passou o cabo de marfim liso pelos lábios secos, fascinados. E então, para seu choque, sentiu uma terrível frieza ao seu lado e, quando levantou os olhos, ela se fora.

Ainda assim ele usou esse incidente menor, usou tudo, nos dias e semanas seguintes. A própria temperatura do ciúme dela, por mais incipiente que fosse, era por ele medida e transformada em palavras e cenas. De trás de sua cortina, ou através de seu biombo — até mesmo agachado certa noite atrás da fria herma de granito —, estudava os movimentos dela, seu rosto. Moendo misturas enquanto cantava para sua a barriga, ela de repente fazia uma careta, com a mente novamente tomada. Como um fantasma dentro dela, assombrando-a, consumindo-a, ele emergia cada vez com mais freqüência.

Mas durante todo o tempo ele nunca realmente *fez* nada. Nunca *disse* nada. Não mentiu. Ela fez tudo sozinha: ele se comportou com ela como sempre se comportara, e seu comportamento era sincero. Ainda suspirava, ainda mordia seu pescoço, porque bastava compará-la a todas as outras — aquela mulher de vestido transparente, por exemplo, tão comum! Enquanto Xênia... algumas vezes seus olhos ainda penetravam na pele dele e o prendiam a ela em conluio; ela parecia juntar-se a ele em uma esfera mais rara onde ambos poderiam continuar a viver. Ele olhava para ela e via duas Xênias: uma, junto com ele naquela empreitada, e a outra, que era o tema da empreitada.

Quando olhava para si mesmo, no entanto, também via duas pessoas. Parte dele algumas vezes quase se esquecia, quase a agarrava e contava-lhe sobre seu trabalho, sobre como estava avançando maravilhosamente — mas, então, ele se lembrava e se afastava, soprando as mãos geladas.

Então a transformação dela continuou.

Certa noite, tendo sido acordado de surpresa pelos gritos roucos das gaivotas, ele pensou ter ouvido alguém no átrio. Tremendo e empunhando seu ridículo estilo, esgueirou-se para fora do quarto e desceu o corredor até vê-la, luminosa, com os olhos bem abertos e sem ver nada entre as plantas molhadas.

Ovídio prendeu a respiração e observou seus dedos brancos agarrarem as samambaias e os finos caules que brotavam. Podia ouvir sua respiração, os ruídos das folhas em sua mão. E então percebeu o gato laranja sentado entre as plantas. As mãos dela estavam chegando cada vez mais perto. Seus lábios se abriram, seus olhos estavam estranhamente embaçados, suas mãos esgueiravam-se cada vez mais perto... Finalmente, ele não pôde suportar aquilo e bateu freneticamente na parede com o estilo. Ela se endireitou, olhou em volta na escuridão e, com uma mão hesitante estendida à sua frente, cambaleou de volta para o quarto.

Aquele caráter subterrâneo. Tremendo, ele imaginou uma criatura encolhida dentro dela como debaixo da terra, pálida e membranosa, com uma respiração leve e líquida, esperando para abrir as asas úmidas, com os dedos molhados de sangue.

11

Xênia acordou com o antigo frio de seu pesadelo aquático e chutou as cobertas, frenética, pois houvera cachos, suas pernas eram escamosas, das pontas de seus dedos haviam brotado garras, e ela pensou ter sentido o cheiro de sangue. Olhou para seu corpo e para suas mãos, mas tudo estava limpo, até mesmo suas unhas.

Subindo as escadas correndo, descobriu que Tibo ainda ardia, apesar de tudo que fizera. Ardia, ardia, seu pequeno corpo afogueado e cada dia mais fraco, até mesmo a pele em suas mãos ressecadas se soltando. Fitou-o horrorizada e, pela primeira vez, pensou ter visto a morte.

Os jarros: precisava continuar a enchê-los. Mas submetera insetos mortos a incontáveis garrafas de hálito, e nada acontecera. Então seria de algum modo a própria luz pura? Como capturar a luz pura? Ficou ali se balançando, na beira da cama do menino, e pensou: deve haver algo em algum lugar, uma pista que eu possa prever. Teria que tentar a famosa biblioteca, ver se nem tudo havia sido destruído.

O ar frio da manhã irradiava brilho, o caminho em ziguezague subindo até o Palatino parecia terminar em luz, com a cidade e todos os seus telhados de barro cozido desaparecendo atrás dele. Depois da última curva vinha a praça ofuscante, as colunas estriadas de amarelo e as fileiras de heroínas de basalto, a luminosa caixa de mármore. A casa de Augusto era lá em cima; ela passou apressada por seus portais, sentindo-se exposta — tão brilhante! —, subiu os largos degraus brancos e entrou nas sombras. Ali estavam as portas gêmeas, mas a biblioteca latina estava trancada; então, ela entrou na grega, em sua frieza plácida. Parou um instante na entrada, hesitante.

Um homem vestindo um manto puído se adiantou. Ela reconheceu-o — Lúcio? Júlio? — e foi percorrida por uma onda de alívio. Mas, quando sussurrou o que queria, os olhos dele ficaram mais escuros, uma das mãos se levantando um pouco.

— Pode procurar sozinha, se quiser — foi tudo que ele disse antes de se afastar; então, ela se instalou em uma mesa de canto e começou, com dúzias de aljavas de códices à sua volta. Dois homens idosos se viraram e olharam para ela.

Depois de horas de busca, ela nada encontrou; não encontraria nada ali. Um pequeno sino tocou, e houve um ruído súbito dos outros quatro pés. Ela se levantou, com o corpo duro, e deixou o lugar enquanto Lúcio, ou Júlio, começava a fechar as portas. Saiu para o lusco-fusco da tarde avançada e apoiou-se em uma coluna, pressionando o rosto quente na pedra fria, polida, com os olhos ardendo de frustração e pânico. Depois de algum tempo afastou-se, moveu-se desanimada por entre as colunas e estátuas negras, e subiu os largos degraus até o templo de Apolo.

Pinturas e objetos estavam expostos dos dois lados das portas, com estátuas de pé no centro da entrada. Havia a espada de César, a pele da cobra que matara Cleópatra, os cabelos ressecados da Medusa parecendo vermes, o banquinho prateado de Circe: Augusto era um colecionador. Enquanto Xênia se movia de um objeto para outro, examinando as pinturas e os peitos adornados dos homens de bronze, tornou-se consciente do cheiro de cera derretida. Apertou os olhos enquanto o tremor começava... Então, à sua frente, flutuavam fileiras de pequenas velas brancas acesas, dúzias delas, em um suporte tão alto quanto sua cintura. Estendeu a mão, mas não havia calor, apenas luz. Debaixo de seus pés jaziam os ossos de mármore desgastados de alguém.

O sol estava baixo, iluminando o Tibre serpenteante e fazendo-o parecer dourado, tingindo de rosa as pedras brancas da praça. Toda a praça cintilava, incandescente, imbuída naquele instante de algo sutil e vivo. Xênia ficou muito quieta e pareceu ouvir um canto, como se as bibliotecas gêmeas estivessem exalando seu conteúdo invisível, tudo que fora extraído da vida e refinado pela genialidade dos poetas.

Tão poucos restarão, pensou ela, fechando os olhos e escutando. Mas, dentre todos, Ovídio restaria. De toda essa grande época, desse grande mundo romano. Podia ver seu rosto, velho e juvenil, rindo milênios à frente.

Ela estava no início da história. Tanto ainda aconteceria — bilhões de vidas e pensamentos e invenções e guerras e todos os prédios imponentes. Cascos, rodas, pés e uma estrondosa violência fariam cair sobre toda Roma uma poeira fina, que engrossaria e ficaria densa, e, à medida que os séculos passassem, se levantaria sobre essa cidade, sobre esses degraus, penetraria sorrateira por cima desse pórtico, subiria, ainda mais densa e obscurecedora, por essas belas colunas amarelas, até o próprio teto, até haver enterrado essas imagens e palavras gravadas ali na esperança de durar — até havê-las escondido na terra, e até que desse mundo nada aparecesse a não ser a extremidade do mais alto obelisco egípcio, com sua ponta irrompendo em um campo de grama seca onde pastavam algumas vacas.

Ela fechou os olhos e tornou a abri-los, mas a visão não se dissolvera. A poeira parecia cair a toda a sua volta. Por todo o chão de mármore, sobre seus pés, grossa e difícil de penetrar, acumulando-se em volta de seus tornozelos. As bordas abruptas dos degraus estavam cobertas e perdidas, as próprias fileiras de figuras de basalto e colunas amarelas semi-enterradas, e, no entanto, a poeira continuava a se levantar. Mas acima dela, rindo, Ovídio parecia brilhar — uma libélula, um deus.

Xênia saiu do pórtico cambaleando, desceu os largos degraus, cruzou a praça e passou pelo grande arco com a estátua ao lado, uma estátua de Augusto ou César, ou de Apolo. Não viu, em meio a toda a poeira, uma figura vestida de prata e azul observando com atenção enquanto ela passava apressada.

Xênia mal pôde falar naquela noite na sala de jantar vermelha, mas Ovídio estava de tão bom humor que não pareceu notar. Sobre seu prato de salmão, com um copo de faleriense na mão, ele entoava linhas em grego. Para Xênia, para o peixe em seu prato, para as ninfas e criaturas do bosque que observavam das paredes, recitava linhas e mais linhas de Estesícoro. As palavras entravam e saíam dos ouvidos dela, com aquela poeira fantasmagórica caindo ao seu redor. Quando ele terminou, fazendo uma voltinha com o dedo e balançando a cabeça para o peixe, agradecido, Xênia forçou-se a estar na sala, a falar.

O que ele fizera naquele dia, onde estivera? Ela percebeu que ele pareceu refletir sobre aquela pergunta simples, lançando os olhos para as ninfas do teto, percorrendo um a um seus flancos nus. Tocou os lábios de leve e depois lançou a ela um olhar satisfeito. A biblioteca, disse ele. Um dia dos mais proveitosos na biblioteca. Na verdade, continuou ele, agora mal conseguia alinhar suas palavras, de tão abarrotado que estava das palavras dos outros. Ela gostaria de ouvir mais?

Xênia levantou os olhos.

— Qual delas?

— Qual delas o quê, meu doce?

— Qual biblioteca? — Mas ele estava recitando grego, então a biblioteca grega, é claro. Onde ele não estivera.

Ele olhou para ela e sorriu lentamente.

— A latina — disse.

Ah, ele não poderia ter estado lá; a biblioteca latina estava fechada. Não estava? Era enjoativo aquele peixe em seu prato. Sua pele prateada e rosada havia se soltado e se prendia ao prato; havia um horrível rastro de garum, um cheiro morto. As ondas do mar subiram-lhe na garganta.

Ovídio agora estava inclinado para a frente, enquanto um deus do outro mundo pulava na parede atrás dele e uma moça era levada embora, aos gritos. Ele pousou o copo e franziu o cenho.

— O que é? — Como ele a olhava! Tão solícito! — Você não está comendo — observou. — Sempre come bem. Precisa comer bem. Está doente? Não está doente?

Mas ele *estava* sendo solícito — aquilo era sincero. Pulou da cadeira, fazendo os pratos tilintarem, e se aproximou, agachando-se diante dela. Uma palma seca estava na testa dela, outra em seu braço, aqueles olhos cinza eram sinceros, buscando os olhos dela, percorrendo preocupados sua silhueta grávida como se ela fosse um cálice de cristal que não se pudesse deixar quebrar... Então, por que mentir? As palavras nadavam como peixes na garganta dela enquanto ele segurava seus braços e a afagava. Por que transformar mãos de mulher em mãos de homem? Por que, tão afogueado e radiante, afirmar que estava em um lugar onde não estava? E, depois, por que ser tão solícito?

Mas estaria ele mentindo? Ele *era* solícito!

— Sabe — dizia ele —, acho que você deveria sair daqui. Ir para a casa de campo. Afastar-se desse menino. Estou vendo, sabe; você não está com boa aparência. A outra casa não é luxuosa, mas é confortável, e tem um belo jardim. Na verdade, deveria ir para lá para o parto. Não é longe, fica logo acima do rio, sobre uma colina, muito mais agradável do que aqui. E eu iria visitá-la toda semana, galoparia até a casa. Sabe que eu sou eqüestre, não... — E sorriu enquanto continuava, com aqueles dedos compridos afagando os cabelos dela, aqueles olhos quentes procurando os olhos atormentados dela, aquelas palavras tão parecidas com palavras que já usara antes certa vez. Mas daquela vez, na praia de seixos meses antes, ele declarara que precisava dela, e agora a estava mandando embora.

Mas estaria ele *mentindo*? Ele a amava — olhe! Suas mãos, seus olhos, ela não estava errada! Esse homem que viveria para sempre, ajoelhando-se a seus pés agora... Como era possível resistir ao amor de um deus quando ele a escolhera e precisava dela?

Então, por que traí-la, por que mandá-la embora?

Xênia sentiu, ali sentada, com as pernas balançando para fora do divã, as mãos apertadas dentro das dele enquanto ele beijava-lhe a testa, o nariz, o pescoço — sentiu que se rasgava.

Existem dois mundos, pensou ela, mas apenas um é real.

Ou será que tudo aquilo, perguntou-se subitamente, será que todo aquele tormento era, na verdade, uma terrível zona negra pela qual se esperava que ela passasse, como Psiquê passando pelo outro mundo para chegar ao céu? Será que tudo aquilo fazia parte do que ele escrevia?

PARTE TRÊS

1

Júlia encontrava-se novamente de pé sob os ciprestes, com sua espessa cabeleira vermelha iluminada pela luz dourada do fim da tarde. Estava consciente de sua boca, como sempre quando se afastava da casa de seu avô — de sua boca e de todas as coisas que mantinha cuidadosamente lá dentro, atrás da barreira de seus dentes. Pois ela, como sua própria mãe antes dela, jamais deveria dizer qualquer coisa que não pudesse ser registrada no longo códice de Augusto que tudo registrava. No entanto, sentia-as bater em seus dentes — todas as coisas que não estava dizendo —, e provava seu gosto amargo: delicioso.

Movendo-se em silêncio por entre os ciprestes e pinheiros da propriedade, olhou para a luz oblíqua do sol à sua volta e pensou em sua casa de verão. Os jardins haviam sido dispostos em camadas, tão inovador! Ela criava pássaros em um dos jardins e seu grande felino na outra, seu adorado felino com seus flancos flexíveis e seu pêlo azulado, no qual costumava afundar as mãos. Algumas vezes ansiava por se deitar com ele, por envolver seu ventre esbelto com os braços nus, e, sim, o chamaria de *felino*, *aelurus*, que palavra elástica, enrolando-se como seda em torno de seus quadris enquanto ela estava de pé no jardim... Ah, mas tudo fora posto abaixo. Lembrou-se dos olhos de Augusto quando ele dera a ordem, olhos que ele imaginava brilharem como o sol para que todos abaixassem a cabeça quando o viam. Ele realmente não fazia idéia? A casa inteira demolida, todas aquelas pinturas, todo aquele mármore, todas aquelas cercas sinuosas! Seus pássaros saíram voando, assustados — ela ainda podia ouvir suas asas batendo no ar. Pelo menos conseguira tirar o felino de lá, e Augusto não fazia idéia de que ela ainda o conservava.

Assim como não fazia idéia... Sorrindo, Júlia atravessou o jardim da propriedade, arrancando agulhas de um pinheiro, e entrou pelas portas. Demorou-se na meia-luz úmida do átrio como um fantasma à espera; tinha tempo, montes de tempo. Deixou cair uma agulha verde prateada no implúvio e observou os anéis se formarem onde ela caíra. Tão tênue, pensou; tão ineficaz. Deixou cair várias outras. Como seria um maremoto?, pensou. A luz cintila no interior dos volumes de água enquanto as ondas se levantam acima de nossas cabeças? Movendo-se lentamente pela piscina quadrada, inseriu uma agulha debaixo da unha; pôs outra entre os dentes. Finalmente desceu o corredor escuro até seu quarto, aquele único espaço de cor e luz. Fechou a porta e sentou-se no divã, arrumando as almofadas à sua volta.

Sem dúvida era útil, pensou, ter visto no dia anterior o que vira, exatamente quão avançadas estavam as coisas. E de seus próprios portões durante seu passeio vespertino — que conveniente! Ainda assim sua estimativa fora brilhante — ela pensara que não poderia demorar mais de dois meses, e estava certa. Sim, tudo era tão conveniente. Pois imaginem a perfeição: que o próprio Emílio, o marido mensal, estivesse viajando durante os últimos quatro meses. Ele precisava de um descanso para travar uma guerra em algum lugar ao Norte. E não merecia?

Desempenhara seu papel em casa de maneira tão esplêndida. *Pater*, *patria*: um novo imperador plantado.

O que significava que por quatro meses Júlia estivera quase livre. Apenas suas escravas mais próximas a viam. Tornou a sorrir, afofou as almofadas — as de seda, *chartreuse* —, olhou para sua porta fechada e esperou que Ovídio não chegasse atrasado.

Ele estava a caminho, com a bolsa batendo-lhe nas costas, subindo a trilha de granito. Não era provável que Xênia fosse se deixar levar para a casa de campo, pensava, se estava tão doentiamente desconfiada quanto parecia. Ah, não, ela manteria os olhos abertos: nela brotariam centenas de olhos, como Argos. O fato de ela ir embora não tinha importância, mas propor aquilo fora um ato inspirado. Como aquelas ocasiões caíam em suas mãos! No entanto, ele falara sério quando dissera aquilo — ela parecera tão frágil de repente, tão doente. Mexeu na bolsa, desconfortável, enxugando o suor dos pulsos.

A bolsa ficava cada vez mais pesada, com um novo conjunto de tábulas a cada semana. Terminara os quatro atos e tinha diante de si apenas o mais crucial. Era sua própria pequena gravidez, pensou quando chegou à praça branca no alto da colina — algo nascido de seus dedos, gerado em suas costas. A coisa estava se movendo, começando a cerrar os punhos gordos, a chutar.

Gravidez, gravidez... Passou pelas portas escuras, caminhou fazendo eco pelo corredor úmido, foi conduzido ao quarto conhecido no final — e quase congelou na porta. Estariam *todas* elas grávidas? Era extraordinário que ele só houvesse reparado agora, quando a cumprimentou do modo formal que desmentia a pequena corrente quente que corria tão rápida entre eles. Mas ela sempre estivera sentada ao recebê-lo, envolta e coberta pelas dobras daquela seda extremamente cara, com almofadas em volta. Além disso, ele se preocupara em não reparar no corpo dela, só às vezes deixando os olhos se desviarem para sua orelha, sedosa e alerta como a de um cão, com pérolas penduradas no lóbulo; ou pousarem por um instante na artéria esverdeada que parecia tão sutilmente viva em seu pescoço; ou talvez pairarem brevemente sobre seus brilhantes cabelos escuros, arrumados com tanta elegância com agulhas de ouro.

Talvez fosse a maneira como ela estava sentada desta vez, com as mãos placidamente juntas sobre toda aquela seda rosa amarrotada em sua barriga. Será que todas as mulheres grávidas faziam aquele gesto complacente, excludente? Ele quase podia sentir aquele cheiro morno, leitoso, satisfeito, que as mulheres grávidas pareciam exalar.

Tentou ignorar o fato enquanto desempacotava suas tábulas, alinhava-as com um barulho forte, distinto, na mesa redonda de pés de prata em forma de grifo, limpava a garganta e começava a ler. Consciente, andava de um lado para o outro sobre o chão do mar, olhando de quando em quando para o rosto dela. Era excelente ela estar grávida, é claro, pois agora Augusto tinha mais uma chance de ganhar um herdeiro de sangue. Ninguém poderia de modo algum querer que o filho de Lívia, escorregadio como a pele de uma foca, fosse o próximo imperador — até Augusto parecia enojado pelo modo como Tibério continuava a aparecer como uma minhoca em terra revolvida. No entanto, Augusto tinha apenas um herdeiro de sangue, apenas aquela desafortunada filha, de quem extraíra três netos e duas netas antes de mandá-la embora — por causa de seu comportamento, diziam, mas é claro que todos olhavam para a conspiradora Lívia. Mal sua filha se fora e seus dois filhos mais velhos haviam morrido, jovens, e o terceiro, acusado de alguma coisa e mandado para longe. Assim, de toda a sua prole, aquilo deixara Augusto com Júlia, ali, e sua irmã. Uma história feia, cheia de escuridão — melhor não se deter nela, especialmente *agora*. Melhor, de fato, não imaginar o rosto de Augusto enquanto ele cavalga por Roma como um cavaleiro morto — melhor não pensar em Lívia, com pulseiras de ouro enroladas nos braços envelhecidos, trêmulos, os olhos sem íris observando, Tibério escondido atrás dela.

Não: era excelente que Júlia estivesse grávida. Ela só precisava ter um filho e ele só precisava sobreviver. Ovídio podia — podia *tentar* — pedir apoio nesse assunto, já que estava envolvido. Embora — nesse ponto seu pé tropeçou, e no meio do tropeço ele praguejou. *Não*: já pensara sobre aquilo cem vezes. Augusto o chamaria quando quisesse; ele faria Ovídio esperar, o faria passar por testes.

Ovídio percebeu que Júlia parecia por demais consciente da própria barriga enquanto o ouvia ler: cerrava os olhos e refletia, movendo a boca de lábios grossos, protuberante, mas atraente, como fazia com freqüência quando estava pensando, com as mãos esguias e morenas afagando a barriga o tempo todo como se ela fosse um gato. Ele sentiu um espasmo de irritação. Havia algo tão fingido, tão privado no gesto. Ou será que ela — a idéia lhe veio com a clareza da verdade — estava *ressaltando* o fato para ele notar?

Terminou de ler o ato, expirou e ficou parado não exatamente de costas para ela, com o eco de sua voz derretendo nas paredes.

Depois de um instante, Júlia limpou a garganta de leve.

— Sabe — disse ela, apoiando a bochecha em uma das mãos cheias de anéis —, ela é cada vez mais real. Tenho certeza de que posso realmente vê-la: seu rosto de duende, como seus olhos mudam como o céu, o modo como espera e observa e enrola os fios daquela borla em volta do dedo, como está sempre sussurrando, como passeia inconsciente durante a noite... — Júlia tremeu. — E aquela história intrigante com a ponta de seus dedos. — Seus olhos langorosos viajaram lentamente pelo aposento, escuros e dilatados. Então, subitamente, ela os lançou sobre ele. — Na verdade, sabe, eu *realmente* a vejo.

Ovídio retesou o corpo e aquiesceu, como se aquilo fosse um elogio. Aquele tormento, de novo — o que ela queria dizer? Estaria sendo literal? Realmente vira Xênia? Vira alguma coisa naquele dia na casa dele? Ele sentiu de imediato que estava sendo horrivelmente manipulado, cutucado por uma pata elegante.

Júlia estava cerrando os olhos em um olhar comprido, com um sorriso oculto na boca inchada. Com os olhos tão estreitos e penetrantes que ele os sentiu deslizar para dentro dele, ela continuou:

— Então — disse e fez uma pausa. — Estou morrendo de curiosidade. Você vai realmente representar tudo, até o fim?

Ovídio ficou pasmo, como se houvesse recebido um golpe. Aquilo respondia à sua pergunta? Ela sabia? Como poderia responder-lhe, ali, em voz alta? Ele nunca realmente fizera a pergunta a si mesmo, nunca a colocara em palavras tão curtas, violentas. O *fim*, aquele fim inimaginável para o que ele escrevia... Mas aquele, é claro, era o problema: era inimaginável; simplesmente não podia concebê-lo, e era por isso que fazia o que fazia, era por isso que era forçado a observar.

Moveu-se pelo quarto, nervoso, com os dedos compridos apertando as tábulas pegajosas, alinhando-as, empilhando-as, mexendo com as fitas. Teve consciência de dizer algo vago, de apelar mais uma vez para a prerrogativa do artista, para a silenciosa santidade da invenção.

— Esperarei, então — disse Júlia com o que poderia ter sido irritação, movendo rápido o pé esbelto calçado com um chinelo costurado a ouro. Mas imediatamente estava sorrindo de novo. — Deve haver, é claro, um certo espaço de tempo que *é preciso* esperar, não deve? — disse então, descansando a mão mais uma vez sobre a barriga redonda.

Houve um barulho no corredor, e ela teve um sobressalto e se levantou. Mas Ovídio aproveitou a chance para fugir — com as tábulas mal-amarradas e batendo umas nas outras como dentes dentro de sua bolsa, e os passos ecoando enquanto ele passava apressado pelo átrio frio, cruzava a entrada, atravessava o arco e saía.

Um certo espaço de tempo que é preciso *esperar*... Então ela realmente sabia que a outra, o modelo dele, existia. E sabia como a coisa toda prosseguiria, como devia prosseguir, se o modelo quisesse ser realmente um modelo. Enquanto os pés dele batiam no chão escuro de granito, seus pensamentos estalavam como as contas de um ábaco. Ele não iria para casa; caminharia, pensaria naquilo. Precisava finalmente enfrentar aquilo.

Impregnação: tentou ser racional. Geralmente se acreditava que o corpo feminino era apenas o abrigo, e o fluxo masculino, a rajada de vida, o *gênio* voador. Não, pensou com firmeza enquanto dava longos passos debaixo de um céu trovejante que parecia prestes a cair ou a se romper. Não acreditava naquilo; nunca acreditara na idéia antiga de que a fêmea era apenas o jarro. Era inconcebível (observou com desânimo o trocadilho). Não. A fêmea sozinha era quem fabricava tudo. Tudo que o macho fazia era arar um pouco, despejar um pouco de chuva. Então, qualquer criança que nascesse seria *dela*: feita de sua semente, de seu solo. Qualquer criança — ou o que quer que fosse. E então o que quer que ela fizesse com a criança nada teria a ver com ele.

Ah, mas aquilo ia contra o que ele acreditava sobre *anima* e *genius*, gritou sua outra voz enquanto passava apressado pela praça em meio ao vento. Ele não acreditava — não podia acreditar — que a criança não fosse dele também. É claro que era dele. E o que aconteceria com a criança se — como Júlia dissera tão brutalmente — ele realmente representasse tudo, até o fim?

Então, por que não parar, simplesmente? A idéia lhe veio enquanto ele cruzava a praça e se aproximava do grande templo de Augusto, e fê-lo estacar. No entanto, o vento continuava a soprar com força, puxando seu manto e fazendo-o esvoaçar diante dele em meio à escuridão selvagem e cheia de clarões, com o ar fazendo arder suas orelhas de galgo. Por que não parar; simplesmente, sair daquela situação agora? Começar algo novo, fazer alguma outra coisa com aquela criatura notável... Ficar limpo de novo, e inocente.

Ah, e perder aquele patrono! Que era tudo o que ele desejara, tudo do que precisara. A simples visão do frio monumento branco de Augusto o fez tremer. Pense onde estava há um ano, ele parecia dizer: aquele olho pétreo observando, seu livro anterior queimado e espalhado ao vento. Enquanto agora: você está *dentro*. Com a própria família do imperador! Perca essa *patronnesse* milagrosa e voltará para onde estava — não, pior. Se ela o dispensar, você estará acabado.

Ovídio estava de pé sozinho na praça. O mármore sob seus pés e todo o mármore à sua frente e elevando-se à sua volta estava mortalmente pálido e frio. Ele poderia estar em um túmulo.

O pânico se apoderou dele, selvagem, e ele se forçou a se mover. Para fora daquele lugar estéril e frio, para longe daqueles pensamentos estéreis e frios. Através do grande arco, até a Subura formigando de vida, com suas sarjetas malcheirosas —

mas o bastante para trazer seu foco de volta a este plano, a este plano sublunar, de carne. Carne doce, firme! Pois Xênia podia ser doce, lembrou-se ele de repente. Como os olhos dela eram capazes de dissolvê-lo, como seu toque ateava fogo a seus membros... Ele pusera tudo contra ela, moldando-a àquele papel. Admitiu amargamente: nem *tudo* aquilo fora responsabilidade dela. Como poderia ter sido?

De repente pôde sentir o gosto de sua pele na ponta da língua, sentir em sua bochecha o vão quente do osso de seu quadril e a penugem delicada da base de suas costas. E agora que tinha aquela coisinha, ou coisinhas, aninhadas dentro de si, criaturas para quem ela de fato cantava, ainda escondidas... Ovídio sentiu-se arder de carinho, totalmente desmanchado, disposto a renunciar às suas grandes ambições e a finalmente desaparecer da vida pública.

Virou-se, deu meia-volta apressado, tomou o caminho que corria entre as colinas gêmeas e logo estava em casa, tão sólida contra aquele céu selvagem, relampejante. A chuva caía no implúvio quando ele passou pelo átrio e cruzou o jardim molhado e sacudido pelo vento, impelido pelo calor e pelo desejo.

Instantes mais tarde, sua bolsa havia sido jogada no chão do quarto de Xênia, suas botas molhadas haviam sido retiradas, e os joelhos e palmas das mãos dela estavam enterrados no divã, com as mãos desnorteadas dele agarrando-a como se daquilo dependesse sua própria vida. Ondas violentas começaram a quebrar dentro dela, e no calor e na confusão aquelas visões atormentadoras surgiram mais uma vez — uma coxa de mármore segura por uma mão de mármore, um telhado cor de damasco com o brasão de Io e seus tristes olhos castanhos, e a pobre Pasífae monstruosa, Mirra aos prantos — e o que ele estava fazendo com *ela*, por que aquele tormento?

Finalmente as ondas se acalmaram, e o quarto voltou, envolvendo-os mais uma vez no chão de pedra e nas paredes frescas. Xênia ficou deitada com a mão sobre a barriga dele enquanto ela subia e descia. Sua mão estava coberta pela dele. Ela fechou os olhos e desejou simplesmente ver *dentro* dele, ver através de sua palma, ler os segredos dele como uma pulsação. A respiração dele ia e vinha mais lentamente, e o calor de sua pele contagiava a mão dela, fazendo-a sentir que esta quase ardia, enquanto o resto de seu corpo esfriava. Mas nada viu. Lá fora, raios silenciosos caíam, o vento soprava, galhos arranhavam outros galhos molhados.

Mas ela percebera quando ele entrara — através das ondas e das visões e dos cabelos embaraçados diante de seus olhos —, pois, quando ele deixara a bolsa cair, uma tábula escapara lá de dentro.

Ela aguardou. A respiração dele estava mais lenta, mais profunda, sua mão sobre a dela agora flácida e sem vida. Ele finalmente parecia estar dormindo, com a cabeça jogada para trás, as faces encovadas. Ela se levantou, pôs o vestido em silêncio e caminhou na ponta dos pés até a janela, onde estava a bolsa.

Imediatamente houve uma sensação de algo vindo da cama, não um movimento, mas uma consciência acrescentada ao aposento, como se os olhos dele houvessem se aberto e acendido o ar. Ela fez uma pausa, agachando-se, com uma das mãos a enraizá-la ao chão frio no escuro. Ele estava em silêncio; sua respiração ia e vinha. Ela esperou enquanto o silêncio crescia, inchando ao seu redor e misturando-se com a escuridão, até sentir os próprios olhos bem abertos e brancos, e até suas coxas começarem a doer. Mesmo assim não se moveu nem falou. Finalmente o ouviu respirar como ele fazia no sono mais profundo, a contragosto, submetendo-se só com relutância até mesmo a essa breve extinção. Ela se balançou nos calcanhares, com a barriga pesando-lhe sobre as coxas contraídas; lá fora, as copas das palmeiras assobiavam. Uma luz trêmula caiu sobre a tábula, marcando as letras desenhadas. Ela chegou mais perto. Com cuidado, estendeu a mão. Tocou a tábula e começou a fazê-la deslizar silenciosamente em sua direção.

— Você não conhece — a voz dele rompeu a escuridão — a história da moça que não deveria ter aberto a caixa?

Xênia se levantou com um susto, amarrando o cinto.

Ele se apoiou em um dos cotovelos, e ela pôde senti-lo olhando para ela com o interesse lento, incandescente que dizia que, na pele dela, dentro de sua boca e no interior de seus olhos, estava aquilo que ele mais queria, aquilo de que não podia prescindir, aquilo que usaria para viver.

2

Ovídio ficou alarmado. Logo quando ele fora tão carinhoso, quando estivera prestes a abandonar toda a empreitada! Depois daquela noite, passou a manter seus códices e tábulas sempre consigo. Nem nas portas trancadas podia confiar, pois quem poderia saber por que barreiras ela conseguiria passar, como poderia extrair uma chave de Persila ou drogar Lida ou Lázaro. *Controlar todas as coisas sutis, penetrar todos os sólidos.*

Ah, mas as coisas sutis eram escorregadias, não eram? Aquela febre vermelha era tão veloz e metamórfica: corria pelo pequeno corpo de Tibo, ocupando uma parte e depois a deixando destruída. Primeiro o anel fantasmagórico em torno de sua boca entrara em seu corpo, formando as bolhas cor de morango em sua língua, e depois se juntara e varrera-lhe o corpo com um calor escaldante, irrompendo finalmente em forma de pústulas espalhadas por seus braços e pernas finos, chegando a fazer a pele se descolar das palmas de suas mãos. Nessa manhã, Drusa desceu as escadas aos gritos, porque a parede do outro lado da criança estava escorrendo de vômito, e o próprio Tibo jazia flácido — como se aquilo fosse uma expulsão não do menino, mas do demônio que havia se apossado dele.

Xênia moveu-se friamente pela casa com seus jarros cheios de hálito e luz, e criou combustões chocantes em seu quarto. Estava completamente em outro lugar, pensou Ovídio, em algum lugar escuro, nas profundezas de sua missão imaginária, matando Minotauros, derrotando dragões, olhando para ele por cima do ombro. *Você está observando?*

De fato ele estava. Estudava-a constantemente de sua escrivaninha, com os dedos compridos enlaçados sob o queixo. O soı brilhava mais forte agora, muito mais quente; aquele dia era realmente o início da primavera. Um raio de luz jazia sobre a mesa, e ele observou as cores a que dava vida. A almofada de seda furta-cor sobre a qual repousava seu cotovelo, uma coisa escura nas sombras, foi inteiramente transformada por aquela luz, tornando o magenta e o verde lima iridescentes. Refletiu sobre o brilho dourado que a luz do sol emprestava à pele do seu braço, como os finos pêlos reluziam, como até mesmo a cera negra de sua tábula parecia, ao sol, cintilar de luz. Fitou o raio transformador, os grãos de poeira dançando dentro dele, fechou os olhos e tentou ouvi-los cantar.

Mas é claro que não ouviu; não ouvia essas coisas. Abriu os olhos opacos, empapados pelo tempo, e voltou-os na direção dos aposentos de Xênia, de seu alambique e de seu *kerotakis* de vidro, de seus jarros vaporosos, de seus frascos cintilantes de mercúrio adorado, dos preciosos pigmentos que ela, de algum modo, adivinhava existirem dentro dos minerais mais sem graça. Ouviu novamente a voz dela junto do mar, murmurando seus feitiços e segredos, desenrolando-se como um fio de ouro. E pela primeira vez perguntou-se — com pura curiosidade, sem desejo de roubar — o que ela de fato procurava e como saberia caso encontrasse.

O estilo em sua mão ficou subitamente quente, a ponta de ouro queimando seu dedo. Ele o considerou de longe, sentindo-se dividir. Parte dele observou a superfície de sua tábula começar a derreter com o sol, as palavras oblíquas se dissolvendo umas nas outras, escorregando da vida que ele lhes dera de volta à cera silenciosa. Como o rio Lete, pensou, enquanto uma palavra depois da outra escorregava para a escuridão líquida. Como as dunas daquele riacho perto do mar, desmoronando. Esfregou os lábios um no outro, observou uma linha inteira se dissolver e, durante um instante longo e suspenso durante o qual quase pôde sentir os tendões se soltarem, sua pessoa se destacar de seu corpo, imaginou seu trabalho se dissolvendo. Rumo à escuridão líquida, assim; ou talvez fosse rumo à luz. Mas lentamente aquela outra parte de si tornou-se consciente, agarrando com firmeza sua carne e seus tendões. Ovídio inclinou-se para a frente, desatou uma borla e deixou cair a cortina.

Sentado no escuro, escutou as eventuais gotas ecoando no átrio. Depois de algum tempo, ouviu os passos de Xênia. Ela saiu, e a porta ao se abrir lançou sobre as frestas de seu biombo uma rápida chuva de luz, que desapareceu com um estalo.

De repente, sentiu-se enjoado. Levantou-se, jogou as tábulas e rolos de códices na bolsa e saiu com eles para o sol.

Os banhos masculinos: santuário. Por sorte, Caro não estava lá, sua cabeça petulante invisível entre os crânios que boiavam na água, conversando. Com suas roupas e a pesada bolsa depositadas em uma prateleira, Ovídio sentiu-se aliviado e nu, quase ele mesmo de novo, magro e moreno e sem nada atrapalhando. Quando entrou na água quente, entre todas as vozes ruidosas e os pés dos homens que chapinhavam, desejou ser novamente um deles. Pois não era; era monstruoso, separado. Nadou languidamente de costas, formando um rastro de gotas com os dedos. Flutuando, esperou o corpo afundar.

Enquanto Ovídio, depois de sair tremendo dos banhos frios, vestia as roupas e subia apressado o Palatino, Xênia caminhava lentamente de volta para casa. Estivera andando junto ao rio, sem destino. Tibo continuava a definhar e arder em febre, mas ela não encontrara nenhuma maneira farmacêutica ou mágica para salvá-lo, e tampouco a preciosa *essentia* capaz de fazê-lo. Jamais a encontraria, embora ela parecesse — que tormento — estar quase visível, murmurar em seu ouvido. Descobrira dúzias de cores dentro dos materiais menos promissores, mas de que de fato a cor, ou mesmo a luz, era capaz, embora parecesse fazer a pedra cantar? E as exalações de todos os metais, do mercúrio e do cobre e do chumbo: transformavam-se umas às outras, mas nada faziam com os insetos mortos. Ela não sabia mais onde procurar, não sabia mais o que fazer.

E aquela tortura com Ovídio — observando-a, incitando-a, e, entretanto, ainda a traindo... Ela começara a pensar que havia apenas duas possibilidades. Ou aqueles tormentos eram espalhados diante dela como tentações — como quando se submetia o antimônio a um calor tão violento que ele era forçado a passar de preto a verde e a branco, antes de ficar dourado — e, portanto, tudo aquilo fazia parte do trabalho dele, parte de como ela estava servindo-lhe de modelo; ou então os tormentos eram genuínos — e nesse caso o chão debaixo dela se dissolvia.

Ao entrar, Xênia encontrou a casa silenciosa. Ficou de pé no átrio por um instante e escutou: ele não estava em casa. Deu a volta no implúvio sem fazer barulho, passando por todas as suas plantas brotando, respirando, com o sangue latejando nos ouvidos. Não era possível ele continuar a carregar tudo consigo; a essa altura havia dúzias de códices e tábulas. Em silêncio, ela desceu o corredor, com a barriga pesada, afastando a escuridão com a mão hesitante.

O quarto dele estava fresco e na penumbra. Era tão do seu estilo, pensou ela, com sua simplicidade e seu esqueleto zombeteiro — um lugar onde ele escondia seu sono ignominioso. No entanto, mesmo agora, o lugar estava repleto de sua consciência, repleto do cheiro de sua pele morena e dos cabelos grisalhos que ela quase podia sentir nas pontas dos dedos enquanto imaginava. Um de seus mantos estava jogado sobre uma cadeira. Parecia estranho, arrastando-se no chão — quando de hábito era tão animado, uma extensão esvoaçante de sua forma. Pensou no vazio que ele devia sentir. Imagine, pensou, se ele soubesse o que sei. Algumas vezes se esquecia de que ele não sabia, que vivia e trabalhava dentro de uma escura concha de tempo, sem saber que conseguiria escapar dela.

Na pequena mesa de pés de cavalo havia um par de tábulas, uma em cima da outra, arrumadas por um dedo comprido até os cantos das duas coincidirem antes de a lamparina ser apagada. Ela levantou uma delas com cuidado, como se fosse uma coisa viva.

Todos aqueles arranhões, protuberâncias e ondulações escuras, ondas impressas em negro. Vento, guerra, gritos, oceano, o clamor do aço: ela continuou a ler, apressada, consciente do tempo. Mas em uma das superfícies negras desenhadas, na outra, sequer uma única mulher aparecia; só havia guerra e proclamações, homens e discursos e pompa. Ela nada sentiu lendo aquilo, nenhuma revelação, nenhuma sensação ressonante de ouvir as palavras *dele* sussurradas em sua mente, como as ouvira lá longe, perto do mar. *Ah, deus, não deixe que meu nome, meu trabalho caiam nas águas do esquecimento...*

Na verdade, percebeu ela com alarme, o que estava lendo não tinha interesse. Mas, no instante em que formou o pensamento, tornou-se consciente de um cheiro no quarto e de uma presença a observá-la.

Ele estava apoiado no umbral da porta, com a cabeça inclinada, interessado.

— Não há só uma história — disse ele —, mas pelo menos duas, sobre moças que abrem caixas que não deveriam abrir. — Deu um passo à frente e deixou cair a bolsa no chão. — Além disso, não fui eu quem escreveu isso. Foi Caro.

— Caro? — Com o passo dele chegara uma onda daquele cheiro, e ela estava terrivelmente consciente de farejar como um animal e do olhar interessado dele ao vê-la fazer isso. Mas não podia evitar: o cheiro estava nele, em sua capa; vinha flutuando em sua direção, enjoativo, aquele cheiro animal doce, excitado. Ela precisava respirar; afastou-se.

Como um corvo, ele a observava, todo bico e olhos negros piscando, enquanto ela punha a mão na parede para se equilibrar. Então jogou a capa sobre a cama, sentou-se, tirou uma das botas e levantou os olhos para ela com um sorriso generoso. — Então, gostou?

— Gostei *de quê*? — Suas entranhas estavam liqüefeitas; ela se virou para a porta em busca de ar.

Ele indicou a tábula com um gesto.

— Caro. Você sabe quem ele é, eu acho.

Ela deu uma risada um pouco selvagem, vendo mais uma vez aquela figura de ombros arrogantes e a poeira caindo ao seu redor. Fechando os olhos, enterrando as unhas nas palmas das mãos, lutou contra o movimento das ondas e contra o gosto salgado na garganta. Mas dentro dela algo lutou para se libertar: um desprezo, quente e verde.

— Não apenas sei quem ele é — disse ela —, como sei que ele será esquecido.

As palavras a chocaram. Mas imediatamente uma calma pareceu descer sobre ela, um ar mais fresco, mais revigorante.

Ovídio, no entanto, empalidecera, deixando uma das mãos compridas cair sobre a coberta, morta. Um rubor inflamado percorreu-lhe o rosto, depois uma pressão forte; ela manteve o próprio rosto imóvel e duro Finalmente ele riu, uma risada seca como um latido.

— Você não sabe isso.

— É claro que sei. — Então riu, incrédula. — Eu vi. Ninguém se lembrará dele. Nenhuma linha que ele escreve sobreviverá. — E, tendo dito isso, correu um dos dedos do pé por cima do esqueleto e se foi.

Quando chegou à porta do seu quarto e se deparou com os olhos matreiros, risonhos, de sua sereia de bronze, mal pôde acreditar no que revelara, nem no quão extraordinariamente exultante se sentia.

3

As palavras penetraram no corpo de Ovídio como uma lança quando ela dissera aquilo. Ou o que ele imaginava que seria a sensação de uma lança: rápida e trêmula, a lâmina escura eliminando qualquer sensibilidade, enraizando-o no chão.

Era incapaz de encarar Caro agora, não podia suportar fazê-lo. Fugia dele, evitava os encontros casuais nos banhos, via-se recorrer a outras pessoas que eram inconvenientes e distantes — mas pensava nele o tempo todo. A imagem se misturava à sua roupa de cama e ao ar úmido que penetrava em seu quarto como dedos, noite insone após noite insone: Caro afundando, com uma cinza macia subindo-lhe pelas pernas e pelos flancos roliços, debaixo de seus braços, sobre seus ombros, aninhando-se ao redor de seu pescoço grosso como uma mãe poderia arrumar as cobertas em volta de um filho adormecido... Ovídio acordava sem ar, com a mão apertando a própria garganta.

O fato de ela *saber*. E de passar os dias inteiros sabendo, mantendo aquelas visões bruxuleantes guardadas cuidadosamente dentro das pálpebras e da boca desdenhosa. Saber que ela *sabia*, que quando olhava para ele — deus, ele pensara que fosse com *amor* — uma visão totalmente diferente dançava atrás dele como um esqueleto, rindo com longos dentes amarelos.

Ainda assim, talvez... ela soubesse algo maravilhoso? Talvez o amasse porque via...

Ele balançou a cabeça com força diante do espelho. Não se atrevia a pensar aquilo. Porque, se fosse esse o caso, então por que simplesmente não lhe contar? Se ela o amava? Quanto poderia custar-lhe contar?

O mais provável é que não o amasse em absoluto, mas risse dele, sabendo o que sabia, e o observasse dia após dia inclinado sobre seu trabalho, tateando no escuro, desperdiçando a vida por nada.

Por que você se importa, por que se importa? O rosto em seu espelho estava desesperado, suplicante. Por que não pode simplesmente *viver*? Seus olhos brancos vasculharam os cantos do quarto na tênue luz da manhã, vasculharam e vasculharam à procura da resposta.

Porque viver não é nada. A não ser que a obra permaneça, ter ou não vivido não faz a menor diferença.

Ah, mas existem meios comuns de se chegar à mesma coisa, disse Ovídio a si mesmo enquanto mergulhava na cidade. Olhe em volta — aqui na Subura, por exemplo, nas lojas e tendas e nas ruas repletas —, olhe para toda essa frutificação, para essas exuberantes verduras verdes e brilhantes cebolas redondas e pequenas cerejas doces cor de sangue. Olhe para esses bebês, as versões mais recentes de longas linhagens de ancestrais, cujas máscaras estão alinhadas nos altares da família em suas casas. É *isso* que se faz; é isso que as pessoas comuns fazem. Olhe como aquela mulher ali, entre os coelhos pendurados, fita encantada a pequena menina sentada em cima da bancada, vendo no rosto amassado e sem dentes da criança o próprio marido, ela própria, sua tia preferida, todo um mar de pessoas condensadas nessa derradeira pequena gota. E assim por diante, é assim que aconteceria: gota após gota, elas seriam empurradas para a frente, como no fim de uma estalactite, uma representação das precedentes, todas contendo a mesma substância.

Por que isso não basta? Por que não é duradouro o bastante?

Porque não, pensou ele quase rindo, passando uma mão comprida e magra pela boca seca enquanto olhava por cima das cabeças da multidão. Porque pode ser em grande parte a mesma substância, mas ainda assim não seria *eu*.

Talvez ele já houvesse feito aquilo, já houvesse garantido um lugar para si em algum ponto acima de toda aquela chuva de cinza fina. Com seus *Amores*, com seu *A Arte de Amar*, e agora com as suas *Metamorfoses* — já estaria seguro?

Pergunte a ela, disse ele para si mesmo de pé diante do espelho em uma manhã realmente primaveril. Olhou para a barba nascendo em suas faces, fios de idade branca despontando na pele escura. Quando afastou os lábios, seus dentes longos proporcionaram a primeira visão do crânio. Ele fechou a boca, esfregou os lábios rapidamente.

Não poderia perguntar a ela, de modo algum. Não poderia suportar saber.

E por que ela deveria contar-lhe? E se mentisse? Poderia ele confiar naqueles olhos bicolores, naquela pequena boca astuta? Porque depois que lhe perguntasse, depois que ela visse sua grande fraqueza, ela o controlaria; poderia enrolá-lo como um fio em volta dos dedos. E faria isso.

Não, não conseguia se convencer a fazê-lo. Teria que continuar lutando, no escuro, em sua gloriosa ignorância humana. Teria que continuar com aquela peça, teria que pari-la.

Até o fim, como dissera Júlia? Aquele fim inimaginável...

Xênia lhe dissera. *Este*, este monstro, seria o seu melhor. E fizera de si própria a personagem da obra!

Então sim: até o fim.

É uma larva, pensou ele insistentemente sentado em sua escrivaninha, e arranhou as primeiras palavras do penúltimo ato na cera preta. Lá fora, o jardim ficava mais macio, com brotos de espirradeira fresca surgindo em caules duros. A coisa dentro daquela criatura inchada ali, pensou ele, nada é senão uma pupa. É uma coisa branca, em formação, gorda, cega, faminta, não é humana, não deve ser levada em consideração. Tais coisas são eliminadas todos os dias! As mulheres estão constantemente inserindo pelotas de ervas amargas no próprio corpo; apunhalando suas partes íntimas com agulhas; ou banhando-se em água escaldante, pulando até o pequeno parasita escorrer para fora. Acontece o tempo todo enquanto as coisas ainda estão guardadas lá dentro — então qual a diferença se acontecer em um mês, em algumas semanas? Só a diferença insignificante entre um lado de pele fina e o outro. Que diferença faria esperá-lo sair para o ar e *então* desferir o golpe? Apenas tempo — e o que é o tempo? Pedaços de nada.

Não era como se ela própria fosse se machucar. Não era como se *ele* fosse fazer alguma coisa.

Ovídio enxugou o suor dos pulsos. Estava ficando quente sob o sol agora, a luz amarela e forte, brisas de primavera soprando na janela, trazendo os ricos aromas do campo. Pousou o estilo e fechou os olhos. Nascera ali, entre as colinas luxuriantes de onde vinham as brisas, em Sulmo. Quase podia sentir seu cheiro: os campos recém-arados, toda aquela podridão escura e rica do inverno liberada no ar morno, os riachos derretidos correndo por margens lamacentas. E naquelas brisas primaveris, quando ele era menino, escondera-se também o cheiro do sangue que empapara os campos durante as guerras

Tantos homens abatidos, devolvidos à terra em pedaços, ou subindo ao céu queimados. Tudo por causa da ambição implacável daquele frio homem de mármore lá no alto do Palatino.

Ovídio abriu os olhos e olhou para as mãos compridas estendidas, com as palmas para cima, em uma poça de sol. Ele próprio seria realmente tão implacável a ponto de levar essa coisa até o fim?

Se soubesse o que queria tão desesperadamente saber, faria alguma diferença? Isso lhe permitiria parar?

4

Xênia viu como ele olhou para ela com olhos de súplica, com sua pergunta não formulada pendurada diante dele, e encheu-se de uma força morna, penetrante, sabendo que bem ali dentro de sua boca estava o conhecimento que o transformaria. Teve a sensação de ter emergido do outro mundo, de um lugar onde criara visões perigosas a partir do ar. Todas aquelas tentações: ela sobrevivera a elas. O negro e o verde haviam virado fumaça, e ela agora se sentia cintilar com um branco prateado... Era como se houvesse sido aquecida até ficar incandescente e depois temperada. Ela era mais do que si mesma agora, estava polida, heróica, com a visão mais clara do que jamais fora.

A doença de Tibo mudou novamente de forma, movendo-se para seu cérebro. Durante dias ele balbuciava palavras sem sentido, algumas vezes com a voz aguda como a de um pássaro, depois surpreendentemente grave, como a de um sapo. Xênia viu os cabelos de Drusa se eriçarem. Mas olhou para dentro do menino, viu o fantasma claramente, e soube o que fazer.

Juntou enxofre, betume, *mastigia* e visgo de lótus; escreveu os comandos em pedaços de lata; e, tirando os lençóis de cima do menino, sussurrou as palavras e soprou... Desceu soprando seu corpo magro, nu, que tremeu com o contato de seu hálito; depois subiu, provocando e irritando o monstro lá dentro até ele finalmente explodir da boca do menino, escorrendo e selvagem. Ao ouvir o som de seus gritos engasgados e sentir o cheiro da fumaça nociva emanando do pote de Xênia, Drusa saiu do quarto correndo, com o manto cobrindo os olhos.

A fumaça pairava no ar, um cheiro do outro mundo; Xênia enxugou a boca suja do menino. Mas funcionara. O corpo dele amoleceu. Um semblante infantil voltou a seu rosto, e ele adormeceu tranqüilamente. Como dormia: deve ter-lhe feito bem. Xênia abriu a janela para deixar entrar o ar da primavera. Era um sono maravilhoso, angelical.

A luz estava de novo forte e quente, as cores de seus pós e pétalas em jarros formavam poças coloridas no chão, poças que quase cantavam. O jardim deu brotos, extremidades pontudas rompendo o solo como pequenos soldados, sucos secretos nos caules novos e nos botões bem-fechados. Havia promessas sob o chão, uma potência verde que podia ser puxada por suas mãos. E aquela fugidia *essentia* — podia senti-la à sua volta; ela parecia soar-lhe nos ouvidos; a própria luz adquiriu dimensão. Ela a sentiu escorregando para dentro dela, como o relâmpago de Semele, como o ouro de Dânae. A essência viria até ela, tinha certeza — ela estava na beira de um abismo.

Ovídio estava mais uma vez como fora antes. Pairava ao redor dela, com os olhos a sorvê-la.

Com certeza o trabalho dele estava praticamente pronto? Ele tamborilava sempre com o estilo, segurando o queixo com a mão, fitando a luz. Estudava uma tábula, fazia uma marca, depois a desfazia e olhava para o outro lado.

Veio-lhe a idéia de que o trabalho dele e o dela seriam feitos juntos, da mesma maneira que ambos muitas vezes gritavam juntos, com tudo se derretendo entre eles, as unhas cravadas na pele do outro. No instante em que encontrasse o que procurava, no instante em que extraísse aquele raro segredo dos elementos, o maior trabalho dele também seria realizado. Seria então que ela lhe contaria, quando ambos estivessem seguros.

Mas como poderia contar-lhe? Deu uma risadinha, só de pensar naquilo. Ela o conduziria pela cidade e diria: *Aqui, e aqui — você não vai acreditar — haverá um palácio com paredes e tetos todos cobertos com imagens das suas histórias, com suas palavras, até, pintadas em ouro! E ali, naquela colina acima do rio, ficarão os mais lindos salões repletos de esculturas de seus personagens, tão vívidas, tão parecidas com carne de verdade! E não apenas em Roma, mas em palácios além das colinas brumosas para o norte, e mais além, em cidades e países que ainda não nasceram... Em pequenas celas escuras muito além dos Alpes, daqui a mil anos — imagine —, homens estarão inclinados sobre você, esforçando-se para copiar suas palavras com letras floreadas, esforçando-se tanto que a fina linha que é seu trabalho, sua vida, se esticará para sempre...*

Como lhe contaria — mal podia esperar. Mas só quando tudo estivesse terminado e ambos estivessem *seguros*. Iria dar-lhe aquilo como um presente. E os bebês, os bebês! Chegariam na mesma época também! E engordariam ali no jardim, um pequeno Ovídio, uma pequena Xênia, com a luz do sol em sua pele de mármore, todo um mundo novo de deleites... Ela pôs a mão na barriga, fechou os olhos em meio àquela onda que se derretia e imaginou como ofereceria seu presente: entronada, dourada, com os bebês nos braços — a personificação da riqueza e da magia.

Sim, você viverá para sempre! Nós viveremos!

Tibo continuava a dormir, com os cílios sedosos formando franjas de sombra azul sob seus olhos adormecidos. Os cílios batiam às vezes; a pequena boca úmida se abria de vez em quando. Mas ele continuava a dormir um sono profundo; aquilo deveria estar lhe fazendo bem.

Dentro de Xênia, os gêmeos se mexiam e chutavam. Ah, estava perto. Chegariam dentro de um mês, provavelmente. Mas ela sentia que às vezes ficavam ansiosos; pareciam se encolher dentro dela, retrair-se diante do sol. Então ela os acalmava e cantava baixinho até eles sonharem. Já podia vê-los, com suas cabeças cobertas de penugem e seus traseiros com covinhas e seus pescoços finos, frágeis. Podia imaginar exatamente como se sentiriam em seus braços, o peso de suas cabeças na palma de suas mãos. Ao pensar neles, suas costas se arquearam, seus dentes ficaram mais longos, sua boca soltou um rosnado, com seu corpo protegendo aquelas duas criaturinhas clamando por leite.

5

Finalmente, em uma noite quente, quando os lençóis pareciam endurecidos e salgados, Ovídio não pôde mais suportar. Atirou longe as cobertas, pôs as pernas de galgo para fora da cama e desceu o corredor bolorento até o estúdio. Ficou ali por um instante sob a luz da lua, nu para as ninfas ao seu redor. Lá fora, o jardim tremia, escuro e úmido, com seu sangue verde secreto fluindo. Sempre se pode sentir mais o cheiro da primavera à noite, pensou, quando a terra abre suas asas úmidas. Há sempre esperança, então, e imaginações que chegam voando e tentam carregá-lo para longe.

Entrou no jardim e levantou os olhos para o céu, enchendo os pulmões com o ar da noite. De repente, transformou-se de novo no jovem que fora um dia, um menino recém-chegado a Roma vindo das sonolentas colinas de Sulmo. Lembrou-se daqueles primeiros meses, do gosto que tinham em sua língua; de como se inclinara sobre sua lamparina à noite, e de como afastara os livros e apagara a lamparina e perambulara pelas ruas de Roma. Mal dormia naqueles dias, passando os olhos arregalados pelas ruas sinuosas e pelas colunatas cintilantes; pressionava o rosto em uma coluna lustrosa; fechava os olhos diante do prazer pungente e doloroso da beleza das mulheres, dos objetos feitos de pedra e ouro, das cores pintadas sobre gesso. E certa noite, no grande vestíbulo dos banhos, ouvira por acaso Horácio.

Fechando os olhos agora, podia sentir a mesma sensação, como se o suave ar noturno da primavera adquirisse aquela fabulosa delicadeza. Podia ouvir Horácio falar, como se medisse algo precioso; suas palavras, latim enfeitado com grego, eram de algum modo feitas de porcelana, vidro, terra, vinho seco, pele macia, o riso rápido de uma moça. Pairavam no ar quando o poeta fazia uma pausa e pareciam *tornar-se* as coisas que queriam dizer, intactas e redondas. Ovídio estivera entre a multidão que escutava e, conforme Horácio se aproximava do fim, parecia que os véus eram quase removidos, o ar quase revelava uma fineza que ele jamais sentira antes, tão fugidia que não podia tocá-la ou nomeá-la, a não ser para dizer que era o próprio sopro do significado humano.

Anos se passaram. Aquele ar sempre pairara acima dele; ele era um cão tentando alcançar um fruto pendurado alto demais. Horácio morrera, e Virgílio morrera, e mesmo o doce Tibulo morrera. Ovídio escrevera sua elegia, aos soluços, pois queria tanto ser como Horácio ou Virgílio, queria tanto fazer tudo certo. E durante todos aqueles anos percorrera as ruas, olhando os rostos das pessoas, seus aposentos e as máscaras de seus sorrisos, mas estava sempre afastado, preso em seu próprio ser risonho, incapaz de romper sua própria superfície envernizada e de adentrar o ar onde Horácio e Virgílio haviam vivido.

E também houvera Corina.

Ele a vira havia alguns dias, por acaso. Mais velha agora, mas mesmo assim uma lança transpassara-lhe o corpo quando ela aparecera no meio de um pórtico. Sua idade era daquela variedade inimitável, refinada, que só raras mulheres atingem, e a experiência iluminara os belos traços que ele tanto adorara. Ela conservava no rosto um sorriso devido a alguma coisa que acabara de dizer quando se virou e o viu, com os lábios entreabertos. E pareceu-lhe, naquele instante silencioso, que ela dissera algo com os olhos, que até *perdoara*... Depois tornara a virar as costas, como sempre virara as costas, e reentrara em sua vida, desaparecera.

Mas naquele instante em que ela olhara para ele, Ovídio pensou que seu coração fosse rasgar. Pois a luz que caía sobre ela através das colunas era tão parecida com a luz, a luz filtrada pelas persianas, que caíra suavemente sobre seu corpo nu naquela tarde tanto tempo atrás.

Sua Corina. Uma centena de poemas, poemas desesperados, pregados com rosas em sua porta. Poemas que finalmente haviam se transformado no sonho vívido de que ela o amava, sempre o amaria, e de que seu olhar não virara poeira em suas mãos.

Ovídio percebeu que estava de pé no jardim escuro, nu. Baixou os olhos para o próprio corpo, deslizou um dos pés sobre o chão desenhado do pórtico e chutou um seixo com o dedo do pé. Uma brisa soprava, e ele estava parado, ouvindo o ar da primavera entre as folhas novas, ouvindo as palmeiras balançarem.

Deve haver esperança, pensou. Ele precisava tentar. Precisava pelo menos tentar saber, e salvar a si mesmo, e salvá-la.

Voltou a si e caminhou pelo pórtico, cercado pelas paredes úmidas, até a porta dela. Tocou a maçaneta em forma de sereia — quanto tempo desde que tocara pela primeira vez sua cintura fina e seus quadris fartos cobertos de escamas! De pé no quarto dela, quase se sentiu como se sentira, meses antes, quando se esgueirara até a casa dela perto do mar. Aquele chão de mosaico poderia ser feito de seixos, e aquela lua poderia ser a mesma lua que rira para ele, lançando uma luz clara sobre o braço dela e sobre a sola suja de um pé. Quanto a ele, era o mesmo, ainda era o mesmo intruso, lançando uma sombra sobre aquela jovem adormecida, com o ventre inchado de maneira tão chocante. Pois *ela* não era mais a mesma.

Se pelo menos ela lhe contasse o que sabia.

Mas, ah, e se fosse o pior. E se ela abrisse aqueles estranhos olhos, sacudisse a cabeça e lhe dissesse agora que ele já não era nada, que tudo sempre fora inútil... Ela o destruiria completamente.

Mas depois... ele não estaria livre? Não seria capaz de se libertar daquela maldita conexão com o céu, de deixar-se cair e de *viver*?

E se ela não dissesse isso, mas o que ele queria tão fervorosamente ouvir? Aquele pensamento arrancou-lhe lágrimas dos olhos. Se aquela coisa ventosa e transformadora que ele tanto queria já o conquistara — ele não poderia se permitir viver? Não poderia desistir daquela tarefa monstruosa?

— Ah, deus, conte-me! — disse ele, e caiu em cima dela aos soluços.

Para Xênia, ainda dormindo, ele era a brisa, a pomba branca em um raio de luz, que voara milagrosamente até sua janela.

Mas ele estava chorando! Ela esforçou-se para acordar. Ele tinha o rosto enterrado no pescoço dela, suas mãos a agarravam por baixo das cobertas. Seu pescoço estava molhado de lágrimas enquanto, sem dizer nada por algum tempo, ele puxava-lhe as cobertas e suas pernas começavam a se enroscar e ela sentia seu macio corpo noturno começar a se esticar, a dar voltas. Mas, no meio de tudo aquilo, o que ele estava dizendo? Em seu pescoço, repetidas vezes...

— Por favor, conte-me — chorava ele. — Conte-me o que sabe.

O que ela sabia... Seu tesouro, seu segredo. As visões surgiram novamente diante de seus olhos, enquanto seu corpo se arqueava contra o dele, todas clamores e agitação, querendo sair — aqueles meninos pintados, aquelas mãos brancas de monges, aqueles telhados cor de damasco, aquelas nuvens prateadas. Golpeavam e apertavam seu coração, empurravam seus dentes, e ela quase sentiu que se quebrava, que se abria.

Mas então o que ela teria? Pois, em todas aquelas visões, ainda não via a si mesma. Fechou-se como uma caixa com uma chave. Pois, deu-se conta, confusa enquanto as lágrimas escorriam por suas próprias faces e enquanto tudo por dentro começava a derreter, ela poderia estar dizendo isso também — poderia estar chorando as mesmas palavras que ele. *Diga-me — o que está fazendo comigo?*

O instante veio e fez ambos tremerem, e gradualmente arrefeceu. Eles ficaram imóveis, com os dois corações acalmando-se no escuro. Depois de algum tempo, Ovídio virou a cabeça e seus olhos pousaram sobre ela. Então ele tocou-lhe o rosto, com os dedos molhados contornando-lhe as faces e a boca úmida, persuadindo-a, entreabrindo-a como se fossem as pétalas de uma rosa.

— Por favor, apenas me conte — sussurrou ele.

Ela respirou fundo, abriu os lábios — mas então balançou a cabeça.

Ele ficou ali deitado por algum tempo, olhando-a fixamente. Depois se levantou da cama e afastou-se em silêncio, cinza e nu, pela janela.

6

Na manhã seguinte havia um silêncio como um buraco que Xênia sentiu no instante em que acordou. Sentiu que a vida dentro da casa estava diminuída, com uma pequena medida a menos.

Lá em cima, Drusa estava sentada, imóvel como uma rocha, ao pé da cama estreita, com lágrimas caindo-lhe pelas faces amarelas.

Xênia ficou mais uma vez de pé acima da pequena forma protegida pelo cobertor. Os mesmos cílios pretos grudados, o mesmo esgar da boca, o mesmo crânio de cabelos cortados rente. Um menino pequeno, que ainda não completara seis anos. Ela estendeu uma das mãos sobre seu nariz e sua boca, tentando imaginar que respirações ou palavras infantis ainda saíam flutuando. Mas o fundo de seu sono pesado fora tão movediço, tão macio, que passar para o outro lado não exigira nenhum esforço.

Depois de algum tempo, ela deixou a mãe silenciosa, o quarto vazio, e desceu as escadas, com os dedos deslizando pelas paredes. Plantas aquáticas cresciam em vasos no átrio; no jardim, folhas verdes surgiam como lanças.

A luz em seu quarto estava azul e fresca. Sentou-se à mesa, pousou as mãos sobre a madeira lisa e voltou o olhar vazio pela janela. Na lateral de uma coluna, um camaleão penetrava lentamente na sombra. O gato laranja tomava sol perto da herma; ele suspirou e se espreguiçou, estendendo uma das patas brancas, com as garras se curvando no ar morno.

Depois de algum tempo, Xênia ouviu um zumbido em seus ouvidos. Sentiu que estava compreendendo devagar. Suas mãos sobre a mesa começaram a tremer; à sua volta, as luzes pareciam bruxulear.

É claro que Tibo não sobrevivera. Ela ouvira Persila certa vez e a ignorara: as crianças nunca sobreviviam àquela febre vermelha. Ela estivera tão determinada que não entendera, mas agora via: a verdadeira tarefa ainda estava por fazer, sua natureza estava clara.

Precisava fazê-la naquela noite, logo que escurecesse. Precisaria de bonecas feitas de massa, o que era fácil, já que ela conhecia de cor a pequena forma: o formato quadrado da cabeça coberta de penugem, as costelas magras, os quadris de símio. Duas pequenas bonecas de massa, idênticas. E dois tufos de seus cabelos, algumas pequenas unhas finas, uma porção de louro, mel, leite e vinho. Deveria haver dois buracos profundos; seu olho se focalizou no jardim brilhante. Não: fora dos muros da cidade, onde havia mais escuridão e espaço. A lâmina de sua faca precisava ser afiada, anotou ela. Drusa não deveria ver aquele longo corte; talvez seus olhos devessem ser vendados. E a fumaça produzida quando os sucos frescos encontrassem os sucos já secretados pela morte — a mãe também não deveria ver aquilo. Precisaria do gato também, é claro: o animal rolou quando seus olhos caíram sobre ele, oferecendo a barriga branca ao sol. E todos os seus globos vaporosos.

Tinha o dia inteiro à sua frente; pelo menos isso tinha. Felizmente trouxera consigo heléboro branco falso e absinto, pois nunca encontraria isso em Roma. Mas algumas das coisas mais simples — o louro fresco, as sementes de erva-doce — precisava encontrar, imediatamente.

Seu manto pendia de seus ombros; sua cesta usada pendia de seu braço. Enquanto ela passava apressada pelo jardim ofuscante, o gato olhou-a com olhos verdes surpresos e pulou para dentro da lavanda. Ela faria Lázaro pegá-lo. Seu coração subia-lhe pela boca, e ela sentiu um tremor nos cotovelos e joelhos, um desejo terrível de voar. Persila estava saindo naquele momento; Xênia lhe pediria para se certificar de que lavassem Tibo com cuidado, mas que ainda não cortassem aquele tufo de cabelos e, sobretudo, que não limpassem sua boca.

Ovídio estava com Persila, falando-lhe baixinho. A cabeça branca da velha mulher estava abaixada, com as pontas dos dedos tocando o vestido. Xênia apressou-se em sua direção, sua voz precedendo-a com as ordens, mas Ovídio deu um passo à frente, parando diante dela no caminho.

Eles se olharam, na luz forte, e por um instante Xênia teve a sensação de que estavam de volta à praia de seixos varrida pelo vento e de que ele estava sussurrando em seus cabelos. Ela olhou para ele, no sol, e sorriu como sorrira então, mostrando que entendia. O rosto dele estava escuro na luz brilhante, com sua sombra caindo sobre ela.

— Preciso me apressar — disse ela.

Ele pareceu estudá-la, com a cabeça inclinada.

— Não há muito tempo — sussurrou.

— Tempo...

— Para trazê-lo... — Ela se calou. Mas é claro que ele sabia.

— Para trazê-lo de volta — disse ele baixinho.

Ela não conseguia ver a expressão do rosto dele, seu rosto estava inclinado e na sombra, mas ele ficou calado por um instante, com os dedos de uma das mãos afagando o ar.

— Sim — sussurrou ela depois de algum tempo. — Ressurreição.

Ressurreição. Ela ouviu seu esplendor e sua violência, a própria palavra abrindo um buraco na terra. Deu-se conta de que tremia e assentiu, mas novamente se sentiu levada de volta ao seu litoral, de pé com ele em seu manto azul-celeste, com o cavalo ao seu lado batendo os cascos no chão. *E a lei?* Palavras tão simples, ditas e respondidas facilmente, em sílabas. De repente Roma surgiu nítida acima dela, todos aqueles prédios altos, com colunas, pesados não só de travertino e mármore, mas de sangue, vidas esparramadas, os longos tormentos da história. Viu todas aquelas ruas estreitas, escuras, pelas quais passara apressada, todos aqueles olhos a observá-la. E naquele instante, no sol brilhante, Xênia sentiu-se exatamente como era: uma jovem estrangeira, solteira, sozinha, sem parentes, nem pais, nem direitos, imaginando poder desafiar tanto Augusto quanto a natureza.

Olhou para Ovídio, com o sol cegando-lhe os olhos, e pensou que via alguma coisa — via tudo ruir. Uma imagem difusa, silenciosa. Mas antes que pudesse clarear, seus olhos se fixaram sobre ela com aquele *olhar*, aquele diálogo sem palavras, e era ouro soldando-os um ao outro, icor quente em suas veias. Ele assentiu.

Então ela ouviu suas próprias instruções voarem até Persila, claras e leves como um pássaro. Viu-se passar pelo átrio escuro que transformara em uma floresta, de volta à luz, à estrada ofuscante de granito. Desceu até o rio, depois fez a curva abrupta para trás; parecia flutuar ao lado de si mesma e ver sua forma pálida se movendo. Uma gaivota se juntou a ela, pairando logo acima; os ciprestes ao longo do caminho pareciam arrastar os pés e segui-la; as pedras debaixo de seus pés apressados quase se desprendiam para ajudá-la a ir mais rápido. Ela era Alceste resgatando seu marido da morte, Psiquê libertando-se do outro mundo, Dédalo voando pelo ar. Suor molhava as palmas de suas mãos e a parte de trás de seus joelhos. Sua barriga imensa balançava, seus olhos estavam brancos e selvagens, o manto escondia seus cabelos cintilantes enquanto ela descia voando aquela estrada de granito.

Então, lá em cima...

Ela parou e olhou. No céu azul seco, uma linha branca desenhava-se lentamente. Uma linha comprida, reta contra o azul, e não era uma nuvem, não era nada que houvesse sido visto antes, nada possível: era um milagre. Ela tremeu, apertando os olhos. E então um calafrio hesitante, extático, percorreu-lhe o corpo. O próprio céu estaria se abrindo, mostrando-lhe que ela quebraria aquela lei rígida?

Mas, enquanto olhava para aquela linha milagrosa lá em cima, deu-se conta, em vez disso, com um golpe que quase a derrubou: *Ovídio*.

Era Ovídio, o que Ovídio fazia. Ele era capaz de transformar matéria em palavras que flutuam no ar e ficam suspensas na respiração, que se imprimem na cera, desenham-se no papiro vezes sem conta, de modo a poder penetrar pelos olhos ou ouvidos dos outros e serem absorvidas e cridas, fascinantes, e continuarem sempre assim, sem nunca diminuírem de força, nem depois de séculos, de milênios. Palavras que formam um mundo efêmero, pairando entre a página e o olho sonhador, eterno.

Ela teve a sensação de estar se dissolvendo, espuma do mar.

Pois o que Ovídio fazia, viu enfim: o que ele fazia era a *quinta essentia*.

Xênia ficou ali, terrivelmente leve. Levou uma das mãos ao rosto, aos olhos — tudo estava tão brilhante. O mundo tremeluzia à sua volta, suas pernas pareciam diáfanas.

E ali Persila a alcançou, ali na estrada de granito, entre as duas famosas colinas, debaixo de uma linha branca no céu que, à deriva, dissolvia-se lentamente.

7

Ovídio tremia quando saiu, segundos depois de a própria Xênia ter deixado a casa. Seus olhos pareciam os de um cavalo selvagem enquanto ele se apressava na direção oposta, subindo a estrada quadriculada de granito. *Feiticeira, feiticeira, feiticeira!* A palavra tola que mal era capaz de traduzir seu significado não parava de sibilar em seus ouvidos, quase a primeira palavra que ele lhe dissera.

Sentiu novamente, dos dentes à virilha, uma onda de raiva pensando em como ela lhe negara na noite passada, como simplesmente sacudira a cabeça e mantivera o que sabia dentro de sua pequena boca. Apesar de como ele soluçara, apesar de como suplicara. Desdenhosa, maliciosa! Os pensamentos vinham quentes e furiosos enquanto ele se apressava: não era possível que ela o amasse; simplesmente o usara e fizera tudo aquilo sozinha. Sim: primeiro o atraíra até ela do mar, e o amarrara com feitiços para que ele a levasse embora; depois construíra seu próprio mundo ao redor dele, acumulando as suspeitas sobre seus próprios pensamentos gananciosos, tolos; e agora lhe negava a única coisa que ele pedia. Pois ele jurava que na noite anterior teria jogado tudo fora. Sim, teria queimado aquele projeto maravilhoso, praticamente terminado, e espalhado suas cinzas no rio, se ao menos ela houvesse lhe contado.

Ele tremeu ao subir a colina ensolarada, com os pés pesados sobre as pedras cinzentas. Era abominável o que ela ia fazer naquela noite. Horrendo. Ele vira aquela faca, aquele olhar desfocado em seus olhos. E com o gato! Feiticeira! Ela arrastaria o pequeno corpo vazio daquele menino para algum lugar. Haveria um corte, alguma mistura infernal, uma mexida horrível de entranhas, sangue de gato derramado lá dentro. Ele ouvira falar naquele tipo de coisa. Haveria vapor, fumaça, um lamento vindo de algum lugar. Simplesmente deixasse o pobre menino permanecer morto!

No entanto, ali estava justamente aquilo de que ele precisava para deslanchar a última cena. Em mais algumas semanas — depois, ou seja, depois que a coisa houvesse nascido — chegaria o momento. Suas mãos suavam só de pensar naquilo, pois ele nunca formulara o pensamento como fazia agora. Chegaria o momento em que ele teria que turvar os olhos como os de um tubarão, levá-la à sala de jantar, fechar a porta com gravidade atrás dela e dizer, com tristeza, que ela precisava partir. Admitir para ela, depois de pressionado, ter descoberto que seus sentimentos haviam mudado. Admitir para ela, depois de pressionado mais um pouco, que seus sentimentos haviam feito mais do que mudar — que ele ficara, francamente, horrorizado. Depois do que ela fizera com aquele pequeno menino morto! Sem falar no *perigo*, no tremendo risco a que ela, ao fazer coisas tão odiosas de forma aberta, o expusera. Seria melhor que ela partisse pela manhã.

É claro, continuaria ele, abruptamente, talvez já saindo da sala, já tocando a maçaneta da porta. *É claro, você deixará a criança*. Ou crianças — se ela soubesse tanto quanto alegava saber. *Elas naturalmente ficarão comigo.*

Essa frase a deixaria tensa; ele veria aquelas pontas brancas de seus dentes antes de ela apertar os lábios.

E quem cuidará delas?, perguntaria ela depois de algum tempo, com uma voz gélida, aquela tonalidade verde cintilando em seus olhos.

Quem cuidará delas? Não precisa se preocupar com isso. Elas são — diria ele então, observador, cauteloso — *minhas, afinal, você sabe. As crianças. É assim que a lei funciona. A lei civil e a lei natural. Você não tem nada a ver com elas. Então, elas não precisam mais de você.*

Entendo, diria ela friamente. *A lei.*

Você precisa entender, ele teria que continuar, com um tilintar de chaves e uma autoridade eqüestre, observando como ela ia ficando mais perigosa, *que certamente não as levará com você.*

Entendo, diria ela, e sua raiva então se inflamaria. E em seguida ela insistiria, insinuante: *Mas você não respondeu exatamente à minha pergunta. E não posso evitar ficar interessada: quem vai cuidar delas depois que eu for embora? Como mãe, quero dizer.*

Diante disso ele teria que suspirar, e se virar para ela, e balançar a cabeça tristemente. Toda sua altura entraria em jogo, sua angularidade, sua idade, seu nariz desdenhoso. *Você realmente imagina*, diria ele, cansado daquele assunto árido, sem graça; *realmente ainda imagina que haja outra mulher? Depois de todo esse tempo, é isso que pensa verdadeiramente de mim? Não importa o quanto eu tenha mudado, o quanto tenha jurado sobre minha honra.* Diria isso com a quantidade exata de desapontamento. *Você nos destruiu, sabe?*, continuaria. *Sua espionagem, sua suspeita constante. Achou que alguém suportaria isso? Muito bem*, diria ele dando de ombros. *Acredite nisso, uma vez que já acredita. Acredite que há alguma outra mulher.*

Então, com o exato olhar distante dos olhos, com o exato tom particular, acrescentaria: *Mas sim, há alguém que cuidará delas. Que ficará — particularmente — interessada.*

As pontas daquelas garras surgiriam. Mas ela as esconderia; permaneceria fria como gelo; poderia até apenas se afastar. Em seguida, no entanto, ela o faria. Selvagem. Lá em seus aposentos, onde elas sonhavam, leitosas. Melhor do que deixá-las com *ele* e com aquela odiada, invisível *ela*.

Uma cantiga, um acalanto, e então...

Ovídio parou, com o couro cabeludo suando debaixo do sol, os pulsos praticamente pingando. Esfregou-os na manga.

Digamos que ela *tentasse* fazê-lo, continuou ele, com os olhos fixos e brancos enquanto pensava. *Tentasse*: ele se contentaria com essa palavra, tão *imperfeita* em seu verdadeiro sentido latino, inacabada. Digamos apenas que fosse até seus aposentos com aquelas costas orgulhosas que tinha e pegasse o bebê, ou os bebês, ou o que quer que houvesse, e então começasse a fazer o que faria. Bem, ele não poderia impedi-la? Ele a seguiria, sem ser visto. Era *maior* do que ela.

Um riso histérico escapou-lhe da boca, ali debaixo dos pinheiros, a meio caminho do alto do Palatino. Ele não poderia simplesmente aparecer no momento crucial, dominar a criatura ensandecida, tirar-lhe os embrulhos que se mexiam e...

Descobriu que não era capaz de ir além disso. Porque o que *ele* faria com eles? Ele, venenoso?

Tremeu, evitando pensar naquilo, com as costas apoiadas em um pinheiro áspero na sombra, olhando distraidamente para Roma ao longe. Certamente não os quereria. Como poderia viver com algo assim? Ninguém os quereria. Dá-los a uma escrava? Vendê-los? Então, por que deixá-los viver, indesejados? Por que simplesmente não deixá-la ir em frente, acabar com as malditas criaturas? Acontecia o tempo todo! Crianças eram mortas o tempo todo! Abandonadas nas encostas das colinas!

Jogadas no mar.

Ele sentiu que se partia, como gelo, partes de si separando-se umas das outras. *Ah, deus*, pensou. *O que estou fazendo? Estou perdido. Estou perdido nesse ardil monstruoso.*

O céu pareceu rodopiar, pedaços de azul ofuscante girando e subindo para além das formas dos galhos. Ele piscou, bateu o dedão do pé com força nas raízes duras da árvore, arrancou um punhado de agulhas e pressionou-as sobre o nariz. Afastou-se do pinheiro e voltou ao caminho, pousou nele com firmeza um comprido pé calçado com bota e fez esvoaçar a capa de propósito.

Para ver, talvez, a própria sombra imensa no chão.

De algum modo — embora ele andasse de um lado para o outro como sempre; embora esticasse o pescoço e sua voz ficasse mais grave enquanto lia e respondia às perguntas dela; embora olhasse para a forma comprida do próprio nariz —, Júlia detectou seu delírio. Seus olhos devem tê-lo traído. Ela viu friamente, e ele a *viu* ver, uma rachadura se formando em sua concha friável, uma rachadura que, enquanto ela continuava olhando e administrava apenas algumas batidas astutas, continuou a se abrir e a se espalhar ao redor dele, até que ele quebrou.

E tudo saiu. Toda aquela maldade.

Quando ele levantou os olhos, esvaziado, daquela poça de imundície, Júlia estava sorrindo.

— Sim — disse ela. — Eu sei.

Ela soubera o tempo todo. Vira-a. E vira, muito cedo, o que ele planejava.

— Você não foi cuidadoso o bastante, foi? — disse ela e riu diante de seu rosto angustiado. — Não, não — exclamou, cálida e consoladora. — Realmente, tenho excelentes escravas. Absolutamente invisíveis.

E a coisa toda era brilhante, disse ela.

— Além disso — prosseguiu, com um sorriso mal contido na boca —, o que o faz pensar que os bebês são indesejados? — Ela agora sorria plenamente; estava radiante. — Eles não são nada indesejados.

E, dizendo isso, pousou as mãos sobre o colo. Foi então que Ovídio percebeu que o globo grávido no meio de seu corpo estava torto, que algo nele não estava direito.

Percebeu então também o que sempre se negara a admitir: Augusto não tinha conhecimento de que Ovídio estava ali, patrocinado por sua própria neta. Aquela jovem agia sozinha e agia inteiramente por ódio.

8

Xênia ficou parada por longos instantes na curva da estrada de granito como um quebra-cabeça, entre as duas famosas colinas. Muito depois de Persila tê-la alcançado, e falado com ela, e flutuado de volta para casa, ela ficou ali, com a própria sombra presa aos pés, a cabeça pálida alta e sozinha no ar. Ao seu redor havia o murmúrio e a fumaça de Roma, mas ela nada ouvia nem via.

O que foi?, perguntara ela, surpresa, ao sentir as mãos de Persila em seus ombros. *Tenho que me apressar; não há tempo!* Afastara-se, mas aquelas mãos pequeninas conseguiram segurá-la; a criatura pequena e soturna bloqueava seu caminho.

Isso é ilegal, dissera Persila. Os olhos leitosos encararam os seus, e Xênia piscara e tentara se afastar.

Persila balançara a cabeça. *Não sabe o que farão? Vão amarrá-la em um saco cheio de ratos e jogá-la no Tibre. É o que fazem desde Augusto. Não há mais feiticeiras em Roma.*

Xênia ficara parada, apertando os olhos por causa do sol.

Eu sei, dissera desamparada. *Mas... ele faz isso comigo*, fora tudo o que conseguira dizer.

Persila olhara para ela. *É mesmo.*

Xênia sentira o mar abrir léguas negras debaixo de si, mas Persila continuara.

Você sabe o que ele faz com você?

Escreve, dissera ela quase sussurrando.

Mas você sabe o quê?

Xênia olhara para aqueles olhos cinza muito velhos e tivera a sensação de que as roupas caíam-lhe do corpo; ela era uma coisa nua, cega e tola. Depois de algum tempo, a velha mulher soltara seus braços.

O menino já se foi, dissera ela.

Então se virara e tornara a subir o caminho, e Xênia simplesmente ficara ali, na luz ofuscante, na curva do caminho, com o rio brilhando muito atrás de si. Havia aquela movimentação de Roma, o sol em seus olhos, o sentimento pesado de pedra, de granito e mármore e ônix e ardósia, como dentes quebrados em sua boca. Ela oscilou, com os dois pés sobre uma das pedras irregulares. Estava flutuando; o chão era o mar. A linha luminosa se dissipara.

Depois de algum tempo, ouviu algo. Claras como sinos, as palavras se pronunciaram em sua mente:

Heléboro branco falso. Mandrágora. Meimendro.

Com a cabeça ainda alta e latejante, com a própria sombra presa nos pés, ela se virou e nadou lentamente sobre as pedras, de volta em direção à casa de Ovídio.

9

Depois que Ovídio saiu, Júlia ficou sentada parada por algum tempo, com o mundo imóvel à sua volta. Passou um dedo calçado com sandália por cima de um pedaço de alga e ouviu o arranhão leve, superficial. Pôs as duas mãos cheias de anéis sobre o globo em sua barriga e imaginou rapidamente — a própria imaginação entrando pela janela, cheia de luz e calor — que o que tocava era o que fingia tocar, pequeno e vivo. Por um instante sentiu todo o seu impacto de amor e perda irreparável.

Abriu os olhos novamente e deixou-os passear pelas paredes, um jardim ilusório com pavões de rabos abertos, cobras listradas, andorinhas mergulhando, coelhos com as orelhas cinzentas levantadas — tudo alecrim e sol, como se ela estivesse lá fora e livre. Coisa que jamais fora. Nascera sob olhos que, no segundo em que lhe detectaram o sexo com amargura, já haviam escravizado aquela fenda macia cor de damasco para as exigências de Roma.

Algumas vezes aquilo lhe atravessava o corpo com tanta violência que ela tremia e tinha a sensação de que podia abrir a boca ou inserir os dedos em seus odiados lábios inferiores e puxá-la para fora, aquela cobra quente de ódio.

Pondo-se de pé abruptamente, desatou a faixa e livrou-se da almofada escondida. Ridículo que alguém houvesse acreditado naquilo. E, no entanto, haviam acreditado. A corte fora carinhosa; seu avô, abraçando-a, fechara os olhos sem cílios, e sua mão esquelética tremera ao tocar-lhe o ombro. Mas no lugar onde ele a tocara ela imaginara uma marca fria, imaginara que aquele fragmento de sua carne se soltara e saíra flutuando pelo ar da história, para trás, tornando-se o pedaço de carne mordido do ombro de Pélops — Pélops, que fora servido como jantar pelo pai, iniciando assim uma maldição que mataria reis em suas banheiras, que derrubaria Tróia.

Júlia tocou o próprio ombro. Reinos caíam. Tróia, a trágica Atenas. Tentou imaginar aquilo, com as mãos tocando seus flancos sedosos. Tentou ver aquela sua cidade, todo aquele império arrasados. Fechando os olhos, virou o corpo para o norte, direção em que, até onde se podia imaginar, tudo pertencia a Roma. Depois se virou para o leste, onde a mesma coisa era verdade; e para o sul, para o oeste. Tudo no mundo pertencia a Roma e a alimentava — não apenas o grão necessário para os milhões de pessoas que ali viviam, mas escravos, e seda, e cabelos de todas as cores, cortados das cabeças de jovens gaulesas ou asiáticas capturadas por soldados romanos lá longe no norte ou no leste. E os delicados pós compactos em sutis tons prateados vindos de algum lugar no norte, com os quais ela pintava os olhos e iluminava a fronte; e os profundos ungüentos vermelhos para colorir seus lábios; e as enguias de água salgada que eram sempre servidas grelhadas; e os pequeninos, pequeninos pássaros gorjeadores; e as pérolas que alguém em algum lugar mergulhava para colher; e os punhados de ovas de peixe defumadas...

Todas aquelas mercadorias valiosas eram transportadas a duras penas por mares e rios até chegarem a Roma, o centro do mundo; todas as preciosas esculturas e incontáveis blocos de pedra talhada; todos os milhares de colunas de mármore, nervuradas e estriadas com o suor do trabalho dos homens, coroadas com acantos e chifres de carneiro esculpidos: Júlia tentou imaginar tudo aquilo arruinado. Tentou ver os frontões com seus relevos e inscrições caindo, fazendo ruir os nomes esculpidos dos cônsules e prefeitos e senadores. Queria que os aquedutos desmoronassem em vales e caíssem sobre as famosas estradas romanas, deixando pilhas de tijolo pulverizado. E aquele imenso obelisco com hieróglifos, por causa do qual seu avô ordenara a construção de um navio inteiro, para transportá-lo do Egito conquistado — queria que ele tremesse enquanto desabava no chão. E ah, os milhões de corpos debaixo dessas ruínas, reduzidos ao que sempre haviam sido, massas de polpa e sangue, sem sentido. Então, com o mundo dilacerado, como as feras, sentindo o cheiro do caos e do sangue, se libertariam de suas tocas, sairiam piscando para a súbita luz violenta!

No entanto, enquanto Júlia imaginava furiosamente de pé no meio de seu quarto pintado, descobriu que nada via. Ouvia as palavras da ruína, sentia a terrível fome de ruína, mas não conseguia vê-la. Uma escuridão, uma faísca, só isso. Suas unhas enterravam-se nas palmas macias de suas mãos, e ela estendeu-as à sua frente, viu os crescentes vermelhos que fizera.

De repente sentiu um cansaço imenso. Tudo que conseguia era fazer algumas incisões dolorosas. Mal conseguia levantar as próprias pernas ou braços, mal conseguia se mover do centro daquele quarto sufocante, ornamentado.

Ah, deus, ah, Mãe, pensou, cobrindo os olhos. *O que sou?*

Mas, naquela escuridão particular, a certeza voltou. *O que você é — você sabe o que é. As gotas fúteis de sêmen, as gotas borbulhantes de sangue: Fúria. É só isso que você é, só isso que precisa ser, pequena e feita de nada, a não ser seu corpo magro, porém valorizado, e sua cabeça esquecida, mas monstruosa.*

Ela não contaria. Ninguém saberia. Não antes do fim, quando seu avô estivesse à beira da morte, quando a horrenda progenitura estivesse garantida — então ela chegaria bem perto, amorosa como sempre, e contaria a Augusto seu segredo. E, igualmente amorosa, se afastaria, com os olhos brilhando, os cabelos se soltando, para observá-lo abaixo dela, em seu leito de morte, enquanto sua boca se escancarava, seca e sem palavras, e seus olhos se agitavam em busca de ajuda, suas velhas unhas amarelas enterrando-se no colchão. Sim, então, só então, ela faria seu verme penetrar.

Depois de deixar Júlia, Ovídio andou às cegas até os banhos. Suas botas batiam nas pedras do chão com um barulho subaquático, uma reverberação lenta. Os ciprestes tremiam lentamente em seu caminho, e os pinheiros, e os rostos brilhantes e grossos dos homens na praça. Ele entrou no vestiário, deixou cair a bolsa, e só quando seu peso bateu sobre seu pé ele olhou para baixo e percebeu.

Sacudiu a cabeça. Não conseguia pensar.

Entrou nu no grande salão, caiu na água e afundou no mundo silencioso, esverdeado, que era tão cálido e trazia o esquecimento. Virou-se, envolto, afundando, e deixou o corpo cair até o fundo. Ali ficou, com os dedos arranhando o chão, o pênis balançando, os olhos sem vida e abertos; imaginou-se flutuando ali para sempre.

Mas lentamente subiu; não pôde evitar. Seu corpo se virou, levantou-se e subiu à superfície, irrompendo no ar barulhento do salão, no vapor, no eco das vozes dos homens. Sentiu a água morna batendo em suas orelhas e soube que era sangue.

As penas se foram, pensou. Soltaram-se da cera derretida, e você caiu no mar. Imagine ser tão tolo a ponto de confiar em si mesmo, no ar vazio, na cera.

Por um instante, flutuando, viu o homem de penas de Horácio: o poeta metamorfoseado em pássaro eterno, com plumagem brotando no corpo e garras retorcidas e duras, elevando-se no céu. *Até logo! Obrigado! Não precisarei de túmulo.*

Ah, Horácio. *Horácio* sabia contar piadas. Com aquela cabeça encarquilhada, aqueles olhos de golfinho — bastava olhar para ele e se sabia: aquele homem viveria para sempre. Quando Horácio lera seus poemas sagrados para Augusto, naquele dia sagrado, Ovídio quisera tanto pensar: ele é o porta-voz de um imperador. Mas as próprias palavras de Horácio haviam caído sobre aquele pensamento, dissolvendo-o. Ele viveria para sempre; era tão genuíno quanto a terra. Não se podia descrever o valor de suas palavras. Como um tipo de água secreta mais pesada e mais fria do que o tipo comum, as palavras tinham mais valor em suas linhas do que em outras circunstâncias; eram moeda, muito mais valiosas do que moeda. Naquele dia, Ovídio, invisível em meio à multidão e desdenhado pelo imperador como merecia, ficara escutando, com um sorriso vulgar.

Moveu a mandíbula na água e sentiu-a estalar nas juntas. Como a vaca construída por seu Dédalo para Pasífae se esconder e receber o touro, ele era grotesco, uma engenhoca.

Nunca houvera asas, apenas asas de teatro, coladas. Tudo ardil, não arte. As penas arrancadas, ensangüentadas, jaziam ao redor dele na água, e ele boiava no meio delas, com vermes marinhos entrando-lhe pelos ouvidos.

Xênia chegou às portas escuras e entrou na selva familiar. Heléboro branco falso... meimendro mortal... ou mandrágora, o que seria melhor? Mandrágora, com sua raiz de forma humana — embora ela pensasse que aquela coisa parecida com pele de galinha se parecesse mais com o que ficava pendurado nos homens; era só tirar a pele. Ali estava, crescendo perto do implúvio, com suas folhas parecendo espinafre e seus frágeis brotos iridescentes. Tão útil para provocar torpor, e para voar. No entanto, o tempo estava bom — o dia brilhante, sem nuvens —, então o heléboro também era uma possibilidade. E o sono que provocava era mais profundo.

Heléboro novo de primavera, fresco e vital! Xênia enterrou as mãos entre a folhagem macia e úmida e encontrou-o entre os vasos mais perto do retângulo de água da chuva. Suas folhas encantadoras eram estriadas, como as de um lírio. Envolvendo as folhas com os dedos, ela puxou, depois sacudiu a planta para livrá-la da terra, saiu para o jardim e, na fonte, arrancou as fibras peludas, as folhas, e esfregou a raiz firme para limpá-la. Em sua mesa dentro do quarto, na sombra, secou-a; rapidamente, com precisão, picou-a; espalhou-a em uma panela; e colocou-a no braseiro quente.

Ouviu-se cantarolar enquanto trabalhava, com a voz alta e fina. Mas suas mãos trêmulas denunciavam-na, assim como aquela sensação ondulante dentro dela, como um mar salgado e cálido que a cada balanço de sua cabeça ameaçava se derramar por seus olhos. Em sua barriga, os gêmeos estavam aterrorizados. Uma hora, duas: o heléboro devia ficar quebradiço. Então ela o moeu bem fino com sua pedra.

Fazia um dia estranhamente cintilante, todas as cores e superfícies pareciam vidro molhado. O mar balançava dentro dela. Xênia manteve a cabeça firme ao se sentar, com o pequeno frasco de pó seguro no bolso, esperando-o chegar em casa.

10

Que noite linda! Ovídio atravessou o jardim em direção a Xênia com passos enérgicos. Ela observara-o de seu quarto escuro de pé no estúdio, com os olhos tateando à procura dela, cegos. Então o vira encontrá-la na escuridão, hesitar, controlar-se e sair.

Era primavera de verdade agora, não era?, disse ele, com os olhos brilhando, os dedos trêmulos.

Ela concordou. Primavera de verdade! Deixou que ele a tomasse pela mão e a conduzisse pelo pórtico, por cima do mármore azul fresco. Os botões de espirradeira mal começavam a se abrir, com seu cheiro intoxicante. O próprio ar estava rarefeito, elétrico. Jantar com as portas abertas? Ela concordou — que agradável! Seu rosto parecia vidro brilhante, molhado. Faleriense esta noite, perguntou ele, ou albano? Olhou-a com um sorriso nervoso. Estava pálido.

A refeição deslizava entre eles, Ovídio em seu divã enfeitado, Xênia no seu. Escalopes de Tarento, trufas assadas, alfaces vermelhas com molho de alcaravia, azeitonas pretas, o mais seco dos queijos. Tudo preparado por Persila àquela noite, por causa da pobre Drusa... E a sobremesa? Ele pensava que havia tâmaras recheadas com pimenta, fritas em mel da Ática.

Xênia bocejou, e Ovídio levantou os olhos, ansioso. Estava cansada? Mas naquela noite ela não deveria estar...? As palavras tinham um tom fino, afiado.

Sim, é claro, disse ela; mas precisava esperar até a meia-noite. Então se mexeu no divã e começou a se levantar, mas sorriu, tocando a imensa barriga. Ele poderia lhe fazer um favor? Seu manto estava bem ali pendurado na porta — era primavera, mas ainda fazia frio.

É claro, é claro! Ele se levantou animado.

E, na ausência dele, o pó foi rapidamente adicionado a seu vinho e, dissolvendo, afundou.

As tâmaras haviam acabado, mas ele continuou sentado, meditando sobre seu faleriense. Xênia foi até seu quarto e juntou suas coisas, sabendo que ele estaria observando, até as pupilas de seus olhos se dilatarem, molhadas e brilhantes. Então, com movimentos amplos, teatrais, iluminada pela luz da lamparina, pegou sua faca, seus frascos e pacotes, o par de bonecas de massa. Ao passar pela sala de jantar a caminho do andar de cima, observou o tom cinzento das faces de Ovídio, o modo como seus olhos se perdiam. Fora de seu campo de visão, ela se agachou nas escadas e contou até duzentos, acompanhando a própria respiração. Então se esgueirou de volta pelo átrio, deu a volta no pórtico sem fazer barulho e o viu, com um braço comprido pendurado, um dedo sem vida em meio a uma poça de vinho.

Rapidamente, silenciosamente, passou pelo átrio, desceu o corredor. O mar batia dentro dela; quebrava em seus ouvidos. Ela segurou a lamparina diante de si e esgueirou-se, com a luz amarela balançando na escuridão e iluminando os olhos selvagens de um cervo, uma ninfa surpresa, o casco de um sátiro que corria. Na metade do corredor, tropeçou. Parou e descansou a testa sobre o gesso pintado, soluçando com arquejos infantis.

Mas você nem sabe nada!, gritou uma voz. Nada — não com certeza. Ainda há esperança!

Levantou a cabeça, com os olhos opacos e pesados, e seguiu a chama pelo corredor. Seus pés se arrastavam pelo chão, até o quarto preto e branco, tão cheio de seu cheiro salgado. O único homem de quem ela jamais sentira o cheiro, ou tocara, ou provara, ou conhecera. O homem que ela adorara.

Sua bolsa estava no chão, com a sombra pairando próxima. Em cima de sua mesa os códices aguardavam.

A lamparina a óleo tremeluziu. Acima da chama, ela queimou de leve a palma da mão.

Os bebês choramingavam lá dentro, protestando.

Ela ainda podia simplesmente não fazê-lo.

Mas então, enquanto ela olhava de uma pequena distância, a sombra de sua mão recaiu sobre o primeiro códice. Um dedo esguio fez a fita roxa deslizar até o alto, e depois a tirou; a pele branca do códice se abriu com um suspiro. Ela afastou a dobra suavemente com a ponta dos dedos e inclinou a cabeça sobre a superfície, com os cabelos se soltando.

E leu. Primeiro a dedicatória calorosa, surpreendente. *Para Júlia, com gratidão...* Seu dedo tamborilou por um instante, deduzindo. Então ela observou enquanto o dedo percorria a folha branca lisa até chegar ao famoso nome da peça.

Incrível como o sangue pode congelar.

Medéia.

11

Tarde da noite, as gaivotas voavam alto em bandos acima de Roma, com os bicos afiados abertos, grasnando. Os ciprestes se alinhavam em fileiras escuras, com sua casca macia respirando o ar da noite. Chamas brilhantes dançavam nos olhos das lanternas; peixes nadavam no breu do Tibre; debaixo da terra, um leão se mexeu.

Em seu quarto com seu chão de mar no Palatino, Júlia se virava durante o sono, com os longos cabelos enrolados no travesseiro como serpentes lustrosas. Parecia sentir alguma coisa. Não acordou, mas ficou tensa, como se seu corpo estivesse caindo, mas não estava caindo: alguma coisa parecia ter entrado. Ela se mexeu, desconfortável, com uma das mãos sobre os olhos. Havia uma história de uma mulher que fora penetrada por uma cobra enquanto dormia; havia muitas histórias assim. Ou seria um felino sinuoso, musculoso, que havia entrado, um felino em torno do qual ela enrolaria as pernas? Dormindo, afagou o ar perto da barriga, de sua barriga magra, sofrida, e das coxas estreitas. Suas mãos estavam vazias. Não havia felino, não havia cobra. Mas algo entrara de alguma maneira; algo entrara em seu quarto?

Ela se sentou de repente, amedrontada, com os cabelos molhados no pescoço. Uma gaivota grasnou; ela ouviu o próprio coração bater. Na escuridão poeirenta de seu quarto pairava uma luz tênue, azulada. Júlia fitou-a, aterrorizada, entendendo sem palavras que estava sendo observada, e desmascarada, e julgada.

Depois de um instante, a luz se dissolveu. Mas ela ficou sentada na cama, com os olhos ainda fixos, suando, e suas mãos correram para sua barriga.

Lá embaixo do Palatino, na casa na fenda graminosa acima da cloaca, a luz da lua tocava de leve a herma de superfície marcada. Ovídio estava deitado em seu divã enfeitado, com um dos braços pendurado em direção ao chão, um dos dedos meio morto em uma poça. Estava debaixo d'água, com o corpo nu rolando.

Então, na escuridão, alguém entrou: aquela mão comprida foi levantada por outra e colocada em cima de um globo tenso. Seu corpo ainda rodopiava no chão do mar, sem vida; ele ainda revirava nas profundezas frias. Mas, quando sua palma tocou o ventre vivo dela, aqueceu-se, e, através de todas as léguas negras e envenenadas, um raio trêmulo de luz chegou até ele — como se, através de sua mão, ele recebesse a visão dela. Ovídio sentiu seus olhos se abrirem em terrível assombro, sentiu sua boca se abrir em um grito enquanto *via* — mas novamente tornou a cair e a submergir.

Roma à noite era selvagem, pouco familiar, mas Xênia escorregou por ela como uma enguia. Tochas tremeluziam dentro de máscaras de pedra; jovens marchavam cantando em bandos; em todo o ar havia o ranger de rodas.

Duas ou três horas antes, ou quando quer que houvesse sido, ela não sentira raiva. Não batera com as mãos nas paredes dele até a pele se romper e deixar marcas de sangue. O quarto à sua volta não rugira e sibilara, apesar de todas aquelas panteras e cobras; suas peles e escamas não farfalharam nem retiniram; seus olhos não se abriram piscando. A mente dela não ficara negra; não se enchera de sangue animal, do quente desejo líquido de punir.

Pelo contrário, sua mente clareara. Tudo à sua volta — o mundo parecera maravilhosamente claro. Ela sentira que tinha se livrado de alguma coisa, que seus membros ficavam limpos e novos.

Nas ruas estreitas, os olhos dos homens a seguiam; tochas se agitavam quando ela passava; até mesmo uma gaivota soltou um grito forte, agitada, voando baixo. Mas nada a tocou nem chegou perto. Havia algo frio nela, sem vida.

Ela andava do labirinto da cidade em direção ao rio, com passos largos, o vestido e os cabelos esvoaçando fantasmagóricos. O teatro arqueado estava atrás dela, que podia sentir o cheiro dos vapores de primavera subindo do Tibre. Sua barriga se mexeu; na luz da lua, ela avistou sua sombra. Sombra estranha! Não podia ser ela de verdade.

Então: seus lindos gemeozinhos, seu menininho, sua menininha, com suas bocas rosadas famintas e seus dedos ágeis — ela quase riu alto, na luz da lua à beira do rio, por não ter sabido o tempo todo o que eram. Um pequeno Ovídio e uma pequena Júlia, tramando desde o início. Mesmo agora sussurravam — fazendo uma pausa em seus passos, percebeu que podia ouvi-los. Ainda a estavam provocando, com esporas de prata afiadas em seus macios calcanhares de bebê, finas unhas pontudas em seus pequeninos dedos, rasgando e dilacerando suas membranas por dentro. Havia insetos que faziam isso, devoravam a mãe para sair.

Agora ela estava na curva do rio, com sua pele marrom deslizando como uma serpente. Havia tantas maneiras diferentes de fazer aquilo! As próprias substâncias que acabava de usar — mandrágora, heléboro branco falso, meimendro. Nenhum coraçãozinho de bebê poderia agüentar tamanha quantidade delas. As coisas perversas não ficariam surpresas — ela lhes daria o veneno amorosamente, com leite. Depois, como seus olhos azuis como água mudariam, como seus dedinhos agitados endureceriam!

Mas não: ela não estava pensando direito. Mais uma vez se pôs a caminhar, deslizando, rápida, enquanto ao seu lado o rio corria. Havia precedentes literários a serem seguidos: *ele* apreciaria isso. O que seria o melhor de tudo? Fez uma pausa, refletindo, e quase riu de deleite quando encontrou. O melhor, concluiu, recomeçando a caminhar, era a vingança de Filomela, na própria versão espetacular de Ovídio: a moça que fora transformada em rouxinol depois de ser violada pelo cunhado; se gritasse, ele seria descoberto; para silenciá-la, ele puxara-lhe a língua para fora e a cortara com um movimento rápido. Como a pobre coisa cortada ainda gritava, movendo-se sanguinolenta em direção aos pés dela! Mas a sua vingança fora perfeita — a pequena criança assada! Seu próprio sobrinho querido! Aquilo seria sublime, servir-lhe *aquilo*. Xênia iria para a cozinha por uma noite. E guardaria as cabecinhas gêmeas para o final, seus cabelos delicados em cachos úmidos de bebê, seus queixos macios equilibrados no prato.

Riu para si mesma, com o vestido voando ao seu redor. Àquela altura já havia seguido o rio por seu arco e dado meia-volta, fazendo uma curva fechada. À sua direita, o mausoléu de

Augusto elevava-se à luz da lua, esperando pacientemente pelos ossos de mármore do homem. Em cima dele cresciam ciprestes imponentes, com as raízes se espalhando em direção ao outro mundo.

De repente, ela se viu tropeçar, perturbada por seu plano: parecia-lhe que não estava pensando com muita clareza. Pois é claro que não deveria esperar para se livrar das coisinhas, esperar e sofrer toda a agonia de colocá-las para fora. O quê — e dar a Ovídio o que ele queria? Certamente não! De pé entre o rio e o domo coberto de ciprestes, ela riu no ar da noite e bateu na barriga como se ela fosse um pônei. Não, não, não; não estava mesmo pensando com clareza: é claro que não esperaria. Iria livrar-se deles amanhã. Agora. Antes que vissem o ar, antes que tivessem uma chance de abrir suas pequenas pálpebras enrugadas e fixá-la com os olhos leitosos, amaldiçoando-a.

Ela certamente não daria *isso* a ele.

O próprio clímax! A própria finalidade! Aquilo por que ele tanto ansiava! A única cena que faltava escrever em todo aquele frio códice branco.

Certamente ela não lhe daria aquilo para ele acrescentar à já rica coleção em seu jarro. As próprias asas descartadas dela já estavam lá dentro. Como haviam batido contra o vidro.

Ela continuou célere rio acima. Então...

Para *eles*:

Havia infusões que poderia usar: de lupino, bílis de boi, absinto. Ou um banho de linhaça, losna, malva... Teria que se sangrar, e sangrar bastante. Ou poderia usar uma pelota de enxofre, goivo ou mirra... E, se mesmo isso falhasse, usaria uma longa agulha.

Sentiria dor, com certeza, uma deliciosa tortura. E haveria outra reação, também, um encolhimento, uma contração chocada. Então, depois da luta e da dissolução, eles sairiam, em pedaços. Pequenas partes transparentes como salamandras, mas ainda reconhecíveis — um pé com dedos macios; uma orelha como a folha nova de uma rosa, ainda dobrada; um par de diminutos dedos cor-de-rosa, com unhas.

Para *aquilo* e para *ela*:

Ditamno branco — perfeito! *Dictamnus albus*, arbusto ardente... Cada parte da planta tem glândulas com cheiro de limão, tão vaporosas que se inflamam quando faz calor; as raízes podem pegar fogo de longe. Ela esfregaria as folhas em forma de coração em seus códices, fazendo os sucos penetrarem em todas aquelas fibras trançadas. E o material inflamável ficaria ali, em segredo, à espera do toque de alguma mão ansiosa ou do brilho de uma lamparina.

E, então, para o imperador:

Caro Augusto, Honrado Senhor:
Sabe que tipo de ovo sua neta tem debaixo de toda aquela seda? Desate as fitas roxas e veja!

"Ovum", escreveria ela, é claro, para ovo. E sublinharia as duas primeiras letras para ajudá-lo a perceber a que ponto sutil Júlia o havia traído. Traição, ela acreditava que aquilo se chamava. Conspiração?

E, finalmente, para *ele* — apenas um bilhete curto, em suas próprias palavras:

Eu lhe dei a vida.
Agora você se pergunta — eu a tirarei, também?

Olhou em volta, surpresa. Ali estavam os portões norte de Roma, o fim da Estrada Flamínia; ela fora muito longe. O caminho de casa era longo, e estava tão tarde. A lua já começava a empalidecer.

Era melhor ela se apressar. Talvez devesse voar.

12

Ovídio acordou no dia seguinte tarde e embrutecido, com os olhos vermelhos em sua sala de jantar vermelha. O sol estava alto, cozinhando o jardim; apertou os olhos e os protegeu com a mão. Em sua boca, em sua garganta áspera, havia um gosto ruim. Fechou os olhos e tentou eliminar qualquer consciência de sua boca. Tentou eliminar qualquer consciência de qualquer tipo. Mas o próprio odor da poça azeda junto a sua mão inerte elevou-se, enjoativo, revelador.

Ele conseguiu pousar um pesado pé de avestruz no chão e passar a outra perna também. Levantou-se hesitante. E precipitou-se, quase vomitando, para fora do quarto que girava, saiu para entre as colunas ofuscantes, passou pelo chão de mosaico ondulante, atravessou o átrio, desceu o corredor, entrou no quarto. Estava frio ali, escuro; cambaleou por um instante, com os olhos se ajustando à luz, há um mosaico de esqueleto no chão. Então duas grandes mãos de símio caíram sobre sua mesa, um rosto de hálito malcheiroso e faces ásperas caiu em seguida, com os olhos procurando, frenéticos — mas não, estava tudo bem. Os códices ainda se achavam cuidadosamente amarrados, exatamente onde estavam na véspera.

O que ela fizera, então? Qual era a finalidade?

Ela fizera alguma coisa? Por quê?

Um caldeirão pareceu se agitar e borbulhar em seu estômago. Arrotou, esverdeado, e empalideceu com o cheiro.

Esperou um instante até a mesa parar de oscilar, e as paredes, de se arquearem. Dobrou o corpo e concentrou-se em seus preciosos códices. Com um dedo frio, trêmulo, afastou cada fita, deixou cada rolo se abrir e correu rapidamente até o final.

Sim, estava tudo perfeito. Tudo ali.

Mas sentia o cheiro de alguma coisa! Não desagradável... na verdade, parecido com limão... Aspirou — mas a violência da pequena onda de aroma que entrou por suas narinas e atingiu a caverna de seu crânio foi insuportável. Mais uma vez tropeçou, uma escuridão tremeluziu diante de seus olhos, a bacia de bronze foi posta rapidamente no chão com um tilintar, e para fora saiu a sujeira imunda e quente.

Ele fechou os olhos e descansou a fronte em uma das mãos compridas, malcheirosas, enquanto os acontecimentos do dia anterior surgiam aos pedaços à sua frente. Então estava tão estigmatizado por Augusto quanto sempre fora, e durante todo o tempo Júlia urdira seu próprio plano. Deus, as implicações daquilo... Lutou para respirar, lutou para pensar. Havia motivos para pensar que *ele* sabia o que ela tramava? O que aquilo tinha a ver com ele, afinal? Caso fosse pressionado, questionado, *torturado*, diria que, depois da partida daquela pessoa sem reputação de sua casa, ele simplesmente pensara que nada seria mais adequado do que dar os bebês abandonados à sua *patronnesse* Como escravos... Como *ele* poderia saber o que ela planejara? Como poderia ser culpado? O fato de tê-los dado era um sinal adequado de gratidão, sem dúvida. O fato de que ela tinha a intenção de fazê-los passar — de que tencionava, como horrivelmente parecia, apresentá-los como a própria carne e sangue do imperador — *eles*, os filhos ilegítimos de Ovídio, o poeta mais estigmatizado, mais devasso de todos, e de uma estranha forasteira, uma feiticeira, bárbara: como se poderia esperar que ele soubesse disso?

Na verdade, via ele agora, ele não sabia. Não de verdade. Na verdade apenas presumira. *Na verdade*, vira apenas suas mãos e aquela barriga estranhamente fora do lugar.

Sequer deveria ter olhado. Não tentara olhar. Aquilo fora um de seus melhores escrúpulos durante todo o tempo: não olhá-la daquela maneira, como se poderia ter esperado que fizesse.

Talvez, na verdade, não houvesse visto direito?

Talvez houvesse imaginado?

O que, *ele* — imaginar?

Sim.

— Persila! — Ele precisa se lavar, precisa se levantar, precisa beber água; precisa se controlar, precisa trabalhar.

Mas *conspiração*, *traição* eram as palavras adequadas. Sentiu-as envolver seu corpo com força.

Levantou-se titubeando, com suor escorrendo-lhe pelo pescoço e pelos flancos, e se vestiu com esforço. Mas enquanto estava ali parado, com os pés descalços sobre seu esqueleto, viu de repente, com uma força que o fez recuar, o que lhe fora mostrado na noite anterior na escuridão. Pois lhe fora permitido ver, apenas uma vez, como *ela* via. O calor em sua mão espalhara-se por seu corpo, um brilho alcançara seus olhos e quase o cegara como Tirésias. E depois aquela visão, na luz radiante: aqueles pequenos rostos, seus próprios filhos, aterrorizados. Um calor derretido que ele jamais imaginara poder existir percorreu-lhe o corpo, e ele estendeu as mãos como se quisesse parar o que estava fazendo, mas sentiu-se fender, sentiu seu coração se romper, e ficou ali, como uma árvore atingida por um raio, partida até as raízes.

Longe dele agora, longe daquele quarto preto e branco com seu esqueleto dançante; além do átrio e de suas plantas verdes arfantes, que cresceriam e se esgueirariam e subiriam, sedentas, pelo estreito complúvio, enquanto passavam os anos e as paredes de tufo iam ruindo lentamente à sua volta; além daquelas portas pretas altas, abrindo para fora, que apodreceriam e cairiam de suas dobradiças enferrujadas; e subindo o caminho de quebra-cabeça de granito, que seria gradualmente consumido pelo solo e pelas ervas daninhas; por cima das sombras nítidas dos pinheiros; até onde o céu azul seco arrancava a cada dia mais alguns grãos do Palatino; ali estava Xênia — estava incrivelmente leve! Como uma mariposa deve se sentir, sem dúvida, depois daquele tempo longo, apertado, úmido, envolta em suas próprias membranas pegajosas. Estava de pé no topo da colina e sentia-se maravilhosamente limpa.

Dali, lá de cima, podia ver tudo. Momentos antes houvera um alto retinir de pratos quando os eunucos saíam do templo atrás dela, o templo da Grande Mãe, espalhando pétalas e moedas. Ainda podia ouvi-los descendo pelo caminho, brandindo lanças e soprando flautas agudas, mas o som ia ficando mais distante. Até mesmo as gaivotas estavam abaixo dela ali em cima, com seus grasnados antigos e suas asas antigas, mergulhando. À sua frente, a cidade de terracota e mármore se espalhava, rolava, suspirava, continuava seu lento consumo do mundo. E abaixo da cidade, abaixo das pedras de granito — ela mal podia distingui-los —, estava a inquietude quente de todos aqueles animais africanos, enjoados, confusos pela viagem, pela estranha carne humana que haviam sido forçados a comer saindo em forma de suor rançoso por seu pêlo oleoso e seu couro grosso. Ali estavam eles, debaixo de todos os pés que batiam atarefados sobre as pedras polidas do calçamento de Augusto, debaixo dela, na famosa praça de mármore.

Daquela ribanceira ventosa e brilhante com vista para a cidade, ela podia ouvir as vozes. Todos aqueles milhões de vozes dentro daquelas cabeças de muitas cores, muitas texturas. Levantavam vôo ao seu redor como um enxame de insetos, zumbindo desejos, revivendo lembranças, calculando números, fazendo listas. Entre elas havia algumas vozes claras, solitárias, poéticas, pequenos tubos de ar.

Mas atrás delas, muito mais forte, vinha o clamor dos deuses. Todos os deuses competidores, manufaturados, gritando e sibilando com suas línguas pontudas, ou línguas bifurcadas, ou línguas de cobra, ou periquitos, ou touros, todas as línguas que os humanos lhes haviam dado. Ouviu as vozes dos deuses mais antigos, oficiais, usados e exangues por causa da idade, mas ainda observando com olhos amarelados, desprezivos. E, mais urgentes, as vozes dos deuses mais novos, com o cheiro da juventude selvagem, viris e dissimulados e furtivos à noite. Uma raça mista. Trazida como grãos e ovas de peixe e corantes marinhos e sal dos confins longínquos da vasta rede de Roma. No caminho, eram mesclados e desfigurados, tornando-se assim mais impenetráveis, uma raça mais rica. Esses deuses tinham as cabeças dos cães, os seios fartos das mulheres, braços rijos, as garras dos pássaros ou dos grandes felinos; tinham barbas negras trançadas ou cabelos escorridos e pálidos e olhos frios, opalescentes. Gostavam de sangue de touro; seus ritos eram executados em cavernas. Mais dissimulados do que os deuses mais empoeirados, residiam nos lugares íntimos das pessoas, em suas virilhas, atrás de seus joelhos suados. Ela ouviu a barulhada de suas exigências e pôde sentir os pêlos ásperos na mão enquanto a cabeça balindo era jogada para trás, enquanto a garganta rosada e trêmula era cortada; sentiu o sangue quente correr; sentiu o cheiro do pêlo queimado. Esses deuses eram tão ciumentos. Empurravam-se e disputavam atenção, pela oportunidade de serem conhecidos, de fazer correr mais sangue, de vê-lo escorrer em seu nome pelas ruas calçadas, transformando a poeira em lama.

Mesmo agora, em algum lugar, um cordeiro estava subindo os degraus do altar, um cordeiro escolhido por sua perfeição e pureza: até mesmo seus delicados cascos, suas pernas nodosas e magras, eram perfeitos. Os olhos daqueles que o haviam escolhido eram amorosos — valorizavam-no imensamente. E quanto ao cordeiro? Ele sentia esse amor e levantava os olhos com timidez para os olhos acima dele, cintilando de desejo. Não conseguia compreender que o desejo tinha outras profundezas. Encantado, se ajoelharia, se deitaria graciosamente diante de seus adoradores, jamais desconfiaria do golpe.

Xênia levantou os olhos para o céu ardente, para as nuvens rápidas, depois tornou a baixá-los, para a cidade. Sentiu o cheiro do pêlo subterrâneo, ouviu o quase inaudível choque dos pratos, viu as formas brancas apressadas. Mas, enquanto olhava para baixo, algo começou a acontecer com todo aquele mármore, com todas aquelas pedras. Um dos cantos da grande praça começou a rachar. Linhas escuras finas e bifurcadas desenharam-se pela praça; as figuras que passavam não pareciam notar. Mas então algumas pedras na extremidade do calçamento se vergaram; no outro canto, várias delas se levantaram. O canto sul da praça foi totalmente aberto, fazendo os arcos triunfantes perderem a base; eles tremeram; balançaram; lentamente, caíram. Que barulho elevou-se em seus ouvidos! Aquilo estava acontecendo por toda parte — seus olhos então se agitaram, dilatados, excitados: uma rachadura, um tremor, uma ruptura, um desabamento. Colunas elaboradamente esculpidas caíam lentamente, arcos desabavam, frontões e telhados se espatifavam, as estátuas eram transformadas em pó, a fina camada de mármore se rompia.

Ela levou uma das mãos aos olhos, até o trovão das pedras ruindo se esvaecer. Depois de algum tempo, a poeira de mármore e tijolo assentou. Ela tornou a olhar: a grandiosa cidade havia quase desaparecido, transformada novamente em terra ou sepultada. Apenas algumas colunas partidas jaziam derrubadas ou surgiam do chão, dando apenas uma idéia do plano. Tudo estava tranqüilo. A grama crescia por cima das ruínas, leve e sedosa, oscilando ao vento. Ela mal podia distinguir o ruído de patas macias, pequeninas.

Mais cedo, houvera um rasgo dentro dela, uma dor deliciosa, cortante... Tão cruciante, mas ela agora quase não se lembrava mais dela.

Agora estava tudo terminado, e ela estava tão limpa! Tão leve! O vento correu por seus cabelos vítreos. Brincou com seu vestido, como brincara com a água escura ao seu redor naquela noite negra e fria tempos atrás. Seu cesto estava pendurado em seu braço, um reconforto.

Sua última sensação de Roma, ao partir, foi uma coluna de fumaça subindo do Palatino e um grito fraco, arrastado.

EPÍLOGO

Fora do porto de Óstia, acompanhando a bota de terra rumo ao sul, passando por uma ilha onde uma princesa solitária anda de um lado para o outro, depois entre os monstruosos Cila e Caribde, atravessando o Adriático e o Iônico, em meio às piores tempestades, depois passando pelo Egeu e pelo Helesponto, subindo o brilhante Mármara, cruzando o Bósforo e finalmente desembocando no Mar Negro — na costa oeste, não muito longe de onde o Danúbio esvazia seu lodo, Ovídio está sentado em uma pedra, escrevendo. Faz apenas um ano que os soldados chegaram à sua porta?

É quase verão. E no ar cálido... talvez haja esperança. Ele veio se sentar na rocha que avança pelo charco e começa suas cartas mais uma vez.

Os ossos delicados de seu pulso estalam de leve enquanto ele arranha sua tábula. Atrás dele, a oeste, estão os muros em ruínas de Tomos e, em algum lugar dentro deles, sua casa. O vento uivou durante todo o inverno, assobiando entre as paredes finas, dentro das quais ele se encolheu noite gélida após noite gélida, roendo uma pedra de vinho congelado. A região em torno de Tomos é um pântano; além do pântano estão planícies áridas; bárbaros percorrem-nas a cavalo. Esse lugar é o fim do mundo, onde os tecidos da civilização estão mais esgarçados.

Mas muito mais além — e Ovídio *olha* muito mais além, pois precisa fazer sua mente passar por cima dessa terra deserta, fazê-la rodopiar selvagem e esperançosa no céu —, bem longe ao sudoeste, onde o sol se porá com raios de um brilho tão cálido, está Roma. É a primeira direção que seus olhos procuram quando ele acorda, antes de a consciência mortal o afogar.

Sua Roma. A lembrança da cidade que está além de sua visão, toda dourada e viva e marmórea, aperta seu coração com tanta força que ele leva uma das mãos ao peito.

Mas sua mão deveria estar ocupada, corrige-se ele: deveria estar escrevendo, escrevendo sem parar aquelas cartas para Roma.

Por favor.

Sinto muito.

Porque talvez Augusto mude de idéia e o deixe voltar novamente... Isso não foi descartado, afinal. Deram-lhe motivos para ter esperanças.

Quando Ovídio pensa naquela audiência, tão diferente da que ele imaginara, o rosto de Augusto não está lá, apenas luz, e uma raiva terrível, silenciosa. Ovídio ainda pode sentir o cheiro de pele queimada, ainda pode ouvir os gritos extáticos de Júlia, ainda pode sentir as próprias palmas criando bolhas enquanto ele batia nos códices como um corvo, toda aquela genialidade má em chamas.

Ele olha para o mar sossegado e espera o coração se acalmar. O ruído agora está mais alto do que antes; ele o ouve, à noite, em seus ouvidos.

Algumas vezes, durante os dias sem fim e sem palavras, permite-se pensar no que encontrou tanto tempo atrás, do outro lado daquelas mesmas águas. Pensa em sua pele de mármore, e em como ela surgiu heróica daquela piscina, e em seus olhos terríveis, estranhos.

Ele nunca a vira de novo depois daquela noite com o vinho. Ela, sua barriga, seu cesto — tudo se fora. Todos os sinais da própria Xênia, e do que ele fizera dela, tudo menos aquelas duas linhas zombeteiras. Aquilo ainda o silencia, a decisão dela. O fato de ela ter preferido desaparecer.

Ele leva uma das mãos aos olhos.

E os bebês?

Não consegue pensar neles. Sempre que começa a pensar neles, aquela rachadura começa e ele treme, precisa até envolver o corpo com os braços para se conter. Mas mesmo assim ainda vê aquelas pequenas formas pálidas, chorando de terror na escuridão.

Torna a se inclinar sobre suas tábulas, subitamente velho. Deve continuar escrevendo. Pois Augusto *pode*, um dia, deixá-lo voltar para casa, apesar de tudo que fez.

Caro Augusto, Honrado Senhor...

Depois de algum tempo, Ovídio fixa os olhos no mar e pensa: eu gostaria de receber um sinal. Gostaria de saber se vou passar o resto da vida neste lugar. É raro que as palavras lhe venham com tanta precisão; ele geralmente as afasta. Mas está mais posto a nu agora, depois de apenas um ano; sente os ossos apontando em direção ao ar.

Aves marinhas mergulham e grasnam acima dele — uma em especial, parece. Ele olha para cima: suas asas chegam perto daquela vez, e ele não gosta da aparência de seu bico. Ela sai voando pelo céu, e ele protege os olhos com a mão e a acompanha.

Lá longe agora, apenas um ponto, ela balança em grandes círculos repetidos, desenhando Os e mais Os contra o azul do céu. E eles continuam sem parar, aqueles círculos, graciosos e langorosos...

De repente, com uma onda repentina de ego, de desejo, de *necessidade* selvagem e cruel, Ovídio acredita que o O é para ele. Letra imaculada, principal, ovada! Sim, é isso — é um sinal —, mostrando que ele ficará fixo no céu como deseja tão dolorosamente ficar: carregado para cima, transfigurado, para sempre.

Então as pessoas ainda me lêem?, escreve ele rapidamente, com lágrimas mornas caindo sobre a tábula.

Mas novamente ouve o farfalhar das asas. Ele voltou, aquele pássaro. Olhando para cima com os olhos apertados, com uma das mãos protegendo o quadrado de cera preta, ele percebe que o pássaro se parece com *ela*. Aquele branco de teia, amarelo de pombo, cinza... E há algo em sua voz e em seu olho que não pisca. O pássaro mergulha particularmente perto desta vez, e ele pode jurar que sente suas asas — sente seu *cheiro*. Seu coração pára ante o forte aroma animal. O desprezo.

Se ela ao menos houvesse lhe contado.

Um tremor percorre a superfície do mar, um vento frio vindo do norte. Naquele momento, ele compreende: nunca deixará aquele lugar. Nunca o deixarão entrar em Roma de novo, naquele cálice dourado de vida.

E fora de lá não há nada. Nenhuma vida, nenhuma inteligência, ele não é nada. Sua língua endurece em sua boca seca. Ele morrerá naquele lugar, sozinho. Esquecido.

De repente, sente-se oco. Mas sequer usa a palavra, sequer pensa a frase, porque palavras e frases já se foram. Há apenas aquela água, aquela rocha, aquele céu infinito.

Alguém ainda me lê?
Nunca há nenhuma resposta.
Alguém sabe quem eu era?

Então, dando voltas e mais voltas, do outro lado do Mar Negro, Xênia está de pé em meio às ondas claras e agitadas. Seu litoral é mais agradável do que o dele, mais verdejante, com uma topografia mais extravagante. Ela não mora exatamente onde morava antes, mas um pouco mais ao sul, onde a costa começa sua curva para o oeste. Não mora mais perto dos fasianos, mas também não está totalmente fora de seu alcance, onde as colinas são abruptas e negras.

Pensa em Ovídio com freqüência. Algumas vezes se descobre com água até os joelhos, com os olhos fixos em um ponto do oeste onde a água se funde com o ar. Onde ela sabe que ele está sentado, em sua pequena casa escura, completamente sozinho.

Ela vê como ele encolheu, como a pele morena em seus ossos de mármore tão compridos, tão amados, se retraiu. Vê seus olhos brancos, assustados, percorrerem à noite as paredes nuas de sua concha. Algumas vezes, ainda, quando o céu está especialmente negro, há momentos em que a dor e a fúria brotam em sua garganta, e ela anseia por voar sobre o mar e assombrá-lo. Mas, na maioria das vezes, apenas cruza os braços, inclina a cabeça e reflete.

De vez em quando, em dias particularmente claros, ela pensa: talvez eu devesse simplesmente contar-lhe o que ele quer saber. Mandar-lhe um recado, dobrado dentro de uma concha.

Mas ainda não conseguiu fazer isso. Está ocupada demais.

É o primeiro dia de verão, e faz dois anos que aquele elegante pé romano pisou pela primeira vez os seixos negros semelhantes a ovos. O dia está glorioso, o céu parecendo um imenso sino resplandecente. O mar está liso e lustroso; Xênia pode ver suas pernas amarelas oscilantes através dele, seus pés meio enterrados na areia. Atrás dela, entre os emaranhados de algas flutuantes, algumas vacas pastam tranqüilamente.

Ela juntará algumas algas aquela tarde. *Phycos thalassion*. Com elas fará iodo para pequenos cortes, e um pigmento vermelho como sangue, impermeável.

Uma onda se levanta diante dela e envolve seus quadris. Todas as vezes é excitante sentir esse movimento que percorreu quilômetros; a onda fresca que passa parece carregar consigo seu coração. Atrás dela, a água quebra preguiçosamente, os seixos chacoalham, e novamente o mar se aproxima. Então outra onda começa a se formar, lisa e de um verde vítreo; vem em sua direção, lenta, vibrante — uma onda de puro deleite físico percorre seu corpo, e ela não consegue fazer outra coisa senão apertar.

Pois preso a cada um de seus braços está um corpinho rechonchudo. Dois pares de pernas lisas como mármore, gordas, sempre chutando; quatro conjuntos de dedos do pé rosados que se agitam; e vinte dedinhos — que, naquele exato momento, enquanto a onda avança, estendem-se todos em direção à água que se levanta, tentando pegar uma concha cor de damasco, que lentamente, rodopiando, afunda.

AGRADECIMENTOS

Agradeço profundamente a Becky Saletan e a Geri Thoma, por sua clareza e seu cuidado ao me ajudar a chegar ao fim deste livro. Por todo seu amor e apoio — da minha primeira leitura de Ovídio à última checagem dos fatos —, agradeço à minha família, assim como a Rosalind Murphy, por me ensinar latim, e a Tom Zigal, por ter sido o primeiro a incentivar meu trabalho. Acima de tudo, pelas feridas adquiridas no Palatino e por fornecer a vida, meu amor e minha gratidão a Alex Wall.

Dentre as fontes secundárias que mais me ajudaram a construir um mundo ao redor de Ovídio e Xênia estão as edições de Peter Green dos poemas de Ovídio, com suas excelentes introduções e notas; *Black Sea* (Mar Negro), de Neal Ascherson; *Georgia in Antiquity* (A Geórgia na Antigüidade), de David Braund; *Roman Art from the Republic to Constantine* (A Arte Romana da República a Constantino), de Richard Brilliant; *Travel in the Ancient World* (Viagem no Mundo Antigo), de Lionel Casson; "Supernormal Phenomena in Classical Antiquity" (Fenômenos Paranormais na Antigüidade Clássica), de E. R. Dodds; *Women's Life in Greece and Rome* (A Vida das Mulheres na Grécia e em Roma), de Mary B. Lefkowitz e

Maureen B. Fant; *Arcana Mundi: Magic and the Occult in the Greek and Roman Worlds* (Arcana Mundi: Magia e Ocultismo nos Mundos Grego e Romano), de Georg Luck; *The Ancient Roman City* (A Antiga Cidade Romana), de John E. Stambaugh; bem como *Herbs* (Ervas), de Lesley Bremness. As fontes físicas incluem escavações em Pompéia, Herculano, Óstia e Roma; o Museu Arqueológico de Nápoles; o Museu da Civilização Romana; e o Museu do Palatino. Dentre as fontes primárias estão os trabalhos de Catulo, Horácio, Juvenal, Plínio, Propércio, Quintiliano, Estrabão, Suetônio, Tibulo, Virgílio — e, é claro, Ovídio.

Os conhecedores de Ovídio verão que alterei partes de seu próprio relato para escrever esta obra de ficção — ficção com a qual espero que ele pudesse ainda assim ter-se identificado, mesmo que um tanto transfigurado.